Hannah Kaiser

Die Verlockung des Glücks
Teil 2

Liebesroman

1. Auflage August 2013

Covergestaltung: www.bookcoversale.com
Coverfotos: www.shutterstock.com

hannah.kaiser79@gmx.de

Inhalt

Teil 2: USA

Kapitel 1

In dem Moment, in dem das Flugzeug abhebt, ergreift mich aus heiterem Himmel Panik. Was mir gestern noch wie eine tolle Idee vorgekommen ist, empfinde ich plötzlich als puren Wahnsinn. Ich habe Matt nicht angerufen, um ihm zu erzählen, dass ich heute auf einmal vor seiner Tür stehen werde. Oder vielmehr dahinter, denn wenn ich lande und bei ihm ankomme, dann wird er noch unterwegs sein. Unsicher taste ich in meiner Tasche nach seinem Haustürschlüssel. Was ist, wenn er sich gar nicht freut, mich zu sehen? Wenn er mich nur noch aus der Ferne liebt und mich gar nicht wirklich in seiner Nähe haben möchte? Am Telefon sind Liebesversprechungen schnell gemurmelt, vor allem dann, wenn man eine beziehungsgestörte Frau am anderen Ende hat, die Tausende Kilometer weit weg ist und bei der kaum die Gefahr besteht, dass sie die Erfüllung der Versprechungen je einfordern wird.

Was ist, wenn er mich gar nicht mehr will oder längst eine andere hat? Eine andere, die in seinem Haus lebt und in seinem Bett liegt und die von mir aufgeschreckt wird, wenn ich später die Tür aufschließe?

Ich bekomme Herzrasen und mir wird schlecht.

Ich versuche mich irgendwie abzulenken. Versuche zu lesen, versuche aus dem Fenster zu schauen und starre schließlich so lange die Wolken an, bis ich das Gefühl habe, dass sie zurückstarren.

Aber nichts hilft. In den acht Stunden, die der Flieger bis New York braucht, habe ich mich völlig in meine angstvollen Gedanken hineingesteigert. Als wir dort zwischenlanden, ist es so schlimm, dass ich für einen Augenblick mit dem Gedanken spiele, von dort aus einfach wieder zurück nach Hause zu fliegen.

Nur das letzte bisschen Willenskraft gepaart mit dem letzten Funken Vernunft hält mich schließlich davon ab.

Ich rufe mir Matts Worte aus unserem gestrigen Telefongespräch in mein Gedächtnis.

„Ich liebe dich, Sophie. Ich liebe dich. Weißt du das eigentlich?“

Innerlich wiederhole ich seine Worte immer und immer wieder, beinahe wie ein Mantra.

Was hätte er für einen Grund, mir das zu sagen, wenn es nicht stimmen würde?

Ich schaffe es, wieder ruhiger zu werden und als wir nach insgesamt elf Stunden endlich in Boston landen, habe ich mich immerhin so weit beruhigt, dass ich wieder ansatzweise klar denken kann.

Meine Beine zittern trotzdem noch, ich bin mir nur nicht sicher, ob Angst, allgemeine Aufregung oder die Vorfreude auf Matthew dafür verantwortlich sind. Am wahrscheinlichsten ist es aber eine Mischung aus allem.

Nachdem ich meinen Koffer in Empfang genommen und den Zoll passiert habe, stehe ich etwas unschlüssig in dem riesigen Foyer des Flughafens herum. Ich versuche mich zu orientieren und gehe dann zum nächstbesten Ausgang, um mir ein Taxi zu suchen, das zum Glück schnell gefunden ist.

Der Taxifahrer nimmt mir höflich Koffer und Sporttasche ab, um alles im Kofferraum zu verstauen. Als ich ihm Matts Adresse als Ziel nenne, sieht er mich verwundert an.

„Das ist Matthew Johnsons Adresse, M'am, die des Quarterbacks …"

„Ich weiß …", ich seufze schwer und bin, um ehrlich zu sein, ein bisschen entsetzt, dass der Taxifahrer Matts Adresse kennt.

„Sie sind wohl Raccoons-Fan?" Er grinst breit. „Ich kann Ihnen eine ganze Tour anbieten, an den Häusern von allen Spielern vorbei, wenn Sie wollen. Das ist mein Spezialgebiet!" Stolz zieht er sein Basecap vom Kopf und zeigt mir das Logo mit dem schwarz-weißen Waschbären auf rotem Grund.

Bin ich Raccoons-Fan? Um ehrlich zu sein, weiß ich es nicht, ich wusste ja bis vor Kurzem kaum, dass der Bostoner Footballclub so heißt.

„Ich bin eine Freundin von Mr. Johnson", antworte ich nach kurzem Zögern.

„Aha!" Der Taxifahrer klingt, als würde er mir nicht so richtig glauben wollen, fährt dann aber trotzdem los.

Vermutlich hält er mich für so einen hohlen Groupie oder eine verdammte Stalkerin!

Ich verbringe die gesamte Fahrt mit Schweigen und betrachte wie ein staunendes Kind die Gegend. Obwohl ich die amerikanische Staatsbürgerschaft habe, bin ich noch nie in den Staaten gewesen. Ich kann kaum glauben, dass ich tatsächlich hier bin. Ich schaue fasziniert aus dem Fenster und lasse die neuen Eindrücke auf mich wirken. Es fühlt sich alles noch völlig unwirklich an. In etwa so, als wäre das alles nur Teil eines Films.

Die Wohngegend wird immer exklusiver, ich sehe rote, viktorianische Backsteinhäuser und verträumte, kleine Gassen mit alten Gaslaternen.

Nach einer ungefähr zwanzigminütigen Fahrt hält das Taxi vor einem genau dieser roten Backsteinhäuser an. Es wird zur Straße hin von einem halbhohen, gusseisernen Zaun abgegrenzt und eine dreistufige Treppe führt zum Eingang des Hauses.

„Wir sind da, das Haus von Matthew Johnson!“ Der Taxifahrer zeigt auf das Haus, vor dem wir stehen geblieben sind.

Ich nicke, bezahle und steige aus, während er mir mein Gepäck bis zur Tür trägt. Danach steigt er zurück in sein Taxi und ich kann spüren, wie er mich beobachtet, während ich Matts Haustürschlüssel aus meiner Handtasche krame. Wahrscheinlich will er sichergehen, dass ich keine durchgeknallte Irre bin und er meinetwegen die Polizei rufen muss.

Während ich den Schlüssel ins Schloss schiebe, bete ich, dass es das richtige Haus zum richtigen Schlüssel ist. Auf eine Nacht in einer amerikanischen Arrestzelle und einen Taxifahrer, der sich als großer Held fühlt, kann ich nämlich durchaus gut verzichten!

Der Schlüssel passt ins Schloss und lässt sich problemlos drehen. Mit einem leisen Klicken öffnet sich die Haustür und mir fällt ein Stein vom Herzen. Ich drehe mich noch einmal um, um dem verwundert dreinschauenden Taxifahrer freundlich zuzuwinken, auch wenn ich ihm eigentlich lieber den Mittelfinger gezeigt hätte. Aber vermutlich erlebt man als Taxifahrer so einiges und er hat nur seine Bürgerpflicht getan.

Mit dem Fuß schiebe ich mein Gepäck durch die geöffnete Tür und sehe die Alarmanlage. Ich öffne sie und tippe schnell den sechsstelligen Code ein, die rote Lampe hört auf zu blinken und leuchtet jetzt dauerhaft grün. Erleichtert atme ich durch. Nach einem Blick auf die Uhr stelle ich fest, dass ich noch über eine Stunde Zeit habe, bis Matt nach Hause kommen wird. Ich schicke meinem Bruder eine SMS, damit er weiß, dass ich gut angekommen bin. Ein bisschen zaghaft schaue ich mich dann in Matthews Haus um. Dabei komme ich mir fast vor wie ein Eindringling, der ich ja irgendwie auch bin.

Das Haus ist ein absoluter Traum und ich vermute, dass es ein Vermögen gekostet hat. Es scheint aus zwei Teilen zu bestehen. Vorne gibt es ein schmales, hoch aufragendes Haupthaus, durch das ich hereingekommen bin. Eine weiße Holztreppe führt nach oben, aber ich gehe einfach weiter geradeaus, in einen Raum, der wie ein Wohnzimmer aussieht. Empfangssalon ist vermutlich das treffendere Wort. Hier zeigt sich der typische Altbaucharakter des Hauses: hohe Stuckdecken und große Sprossenfenster.

In dem Raum stehen zwei große, dunkelgraue Sofas sowie zwei passende Sessel, dazu Möbel aus Eiche mit Edelstahlgriffen. Die Wand über dem Sofa hängt voller Bilder: Familienfotos, Fotos von Matt beim Football und da hängt tatsächlich auch ein Bild von Matt und mir, wie wir Arm in Arm auf Tante Bettys Hollywoodschaukel sitzen. Das Bild lächelnd betrachtend, habe ich das Gefühl, dass vielleicht doch alles gut werden könnte.

Durch eine Glastür am Ende des Empfangssalons gelangt man durch einen kleinen Gang in eine Art Anbau. Dieser lässt auch von innen den Blick auf rote Backsteinwände frei. Die Decken sind deutlich niedriger und zeigen weiß gekalkte Balken. Ich vermute, dass dieses Gebäude früher eine Art zweistöckiges Lager oder ein Dienstbotenhaus gewesen ist. Jetzt beherbergt es eine große, offene Küche, die in einen noch viel größeren Wohn- und Essbereich mündet.

Die Küche besteht nur aus Unterschränken, die von einer dunkelgrauen Granitarbeitsplatte abgedeckt werden. Statt Oberschränken gibt es lediglich ein paar offene Regale, die die wunderschönen Backsteinwände unverdeckt lassen. Der große Esstisch besteht aus hellem, roh wirkendem Holz, das mich irgendwie an alte Bootsplanken erinnert.

Im Wohnzimmer gibt es einen offenen Kamin und ein riesiges, weißes Sofa mit jeder Menge dunkelbrauner und blauer Kissen und Decken. Außerdem hängt hier ein riesiger Fernseher, genauso groß, wie ich mir einen Fernseher in einem Junggesellenhaus immer vorgestellt hätte. Es ist geschmackvoll und gemütlich und dabei ausgesprochen maskulin und ich frage mich, ob er wohl einen Innenarchitekten hatte, oder ob er das alles selbst so eingerichtet hat. Auch hier hängen wieder jede Menge Fotos. Da ist Matt als kleiner Junge auf einem Fahrrad, Fotos von Weihnachten, ein Hochzeitsbild seiner Eltern, Erinnerungen an alle möglichen Familienfeiern. Zwischen all diesen sehr persönlichen Familienfotos hängen, wie selbstverständlich, mindestens drei Bilder von mir.

Vor dem Wohnzimmer führt eine gusseiserne Wendeltreppe nach oben. Hier ist Matts Schlafzimmer, darin steht ein riesiges Bett, das mit wunderschöner grauer Bettwäsche überzogen ist. Das angrenzende Badezimmer wird von Milchglas und hellen, rötlich-braunen Natursteinen dominiert.

Bei all diesem geschmackvollen Reichtum frage ich mich, was Matt wohl über mein Haus gedacht haben mag, das gegen seines nahezu schäbig wirkt. Plötzlich fühle ich mich in dieser luxuriösen Umgebung entsetzlich unsicher.

Ich gehe zurück in sein Schlafzimmer und lasse mich auf das Bett fallen, schließe die Augen und atme tief ein. Es riecht so wunderbar nach ihm, dass ich am liebsten gar nicht mehr aufstehen möchte.

Ich muss lächeln, als ich auf dem Nachttisch ein weiteres gerahmtes Foto von mir stehen sehe. Auf dem Bild stehe ich lachend in meiner Küche und schneide Erdbeeren für das Abendessen mit Betty und Lukas. Dass dieses Bild hier steht, wo er es abends als Letztes und morgens als Erstes sieht, rührt mich. Irgendwie bedeutet es mir viel, dass er überall Bilder von mir hat, als wäre ich ein selbstverständlicher, ein wichtiger Teil seines Lebens. Kurz streiche ich über den Bilderrahmen und muss bei der Erinnerung an diesen Abend lächeln. Dann werfe ich einen Blick auf meine Uhr.

Ich habe noch eine halbe Stunde Zeit, bis Matt nach Hause kommen wird. Genug Zeit, um zu duschen und mir etwas anderes anzuziehen und beides habe ich nach dem langen Flug bitter nötig. Ich hole meine Sporttasche aus dem Eingangsbereich und stelle sie ins Schlafzimmer, anschließend gehe ich ins Bad.

Als ich mir nach einer ausgiebigen Dusche und einer sorgfältigen Erneuerung meines Make-ups etwas anderes zum Anziehen aus der Tasche nehmen will, fällt mir das Negligé in die Hände. Nach einem kurzen Zögern ziehe ich es über, ebenso den passenden String und die halterlosen Strümpfe. Dann suche ich mein Handy aus meiner Tasche und rufe Matt an.

Kapitel 2

„Hey Honey!“ Seine Stimme klingt so warm, dass ich das Lächeln, das darin mitschwingt, fast vor mir sehen kann.

„Hey! Wie war dein Spiel?“

„Wir haben gewonnen.“ Am leisen Brummen eines Motors im Hintergrund kann ich hören, dass er im Auto sitzt.

„Natürlich habt ihr gewonnen, du gewinnst schließlich immer!“

Er lacht leise.

„Bist du unterwegs?“ Er hat anhand der Nummer gesehen, dass ich nicht vom Festnetz aus anrufe.

Ich überlege kurz, bevor ich antworte: „Nein, ich bin zu Hause und liege im Bett.“ Ich beiße mir auf die Lippe. „Wie lange brauchst du noch, bis du zu Hause bist?“

„Ich fahre gerade in die Garage, soll ich dich gleich vom Festnetz zurückrufen? Das ist günstiger für dich.“ Ich höre das leise Piepen des sich elektrisch öffnenden Garagentors durch das Telefon.

„Nein, nicht nötig. Ich muss jetzt eh Schluss machen, ich erwarte noch jemanden.“

Er holt irritiert Luft und will etwas sagen, aber ich schneide ihm das Wort ab.

„Ach, übrigens Matt?“

„Hm?“, brummt er am anderen Ende der Leitung, anscheinend immer noch verwirrt.

„Ich mag deine Bettwäsche!“ Dann lege ich auf.

+++

Leicht verwundert blickt Matt noch einen Augenblick auf sein Handy, nachdem Sophie einfach aufgelegt hat.

Sie liegt schon im Bett, aber sie erwartet noch jemanden? Das ergibt alles keinen Sinn. Nachdenklich fährt er das Auto in die Garage und schaltet den Motor ab.

Und was bitte hat sie da über Bettwäsche gefaselt? Gedankenverloren reibt er sich mit einer Hand den Nacken, bevor er den Haustürschlüssel aus seiner Hosentasche fischt, um die Tür aufzuschließen. Die Alarmanlage ist ausgeschaltet. Und ein paar Schritte weiter stolpert er beinahe über einen Koffer.

Seine Bettwäsche!

Verdammt, sie hat gesagt, ihr gefällt *seine Bettwäsche!*

Sein Herzschlag beschleunigt sich, als er endlich begreift, was das bedeutet.

Sophie ist hier! Sie ist hier! Seine Sophie!

In seinem Bauch macht sich ein Kribbeln breit und er fängt an zu laufen, zu ihr, zu Sophie!

+++

Mein Herz schlägt schneller, als ich langsam die Wendeltreppe hinuntergehe.

Keine zehn Sekunden später höre ich, wie Matt die Haustür aufschließt. Ich bleibe auf der Hälfte der Treppe stehen.

„Sophie!" Er hat meinen Koffer im Eingang gesehen oder vielleicht ist es auch endlich bis in sein Gehirn vorgedrungen, was es zu bedeuten hat, wenn mir seine Bettwäsche gefällt.

Dann sehe ich ihn ins Esszimmer kommen und mein Herz beginnt zu rasen. Matts Schritte sind jetzt so schnell, dass er beinahe schon rennt. Er trägt eine locker sitzende Jeans und ein dunkelblau-grau gestreiftes, langärmliges T-Shirt. Sein Haar ist kürzer geschnitten, aber es sieht wie immer ein bisschen zerzaust aus.

In meinen Augen ist er so wunderschön und ich habe mich so sehr nach ihm gesehnt, dass ich vergesse zu atmen, als ich ihn jetzt endlich anschauen kann.

Er schaut sich kurz suchend im Raum um, bis er mich auf der Treppe entdeckt. In dem Augenblick, in dem er mich sieht, erstarren seine Bewegungen für einen Moment.

„Oh mein Gott, Sophie!" Er schaut mich völlig ungläubig an, dann setzt er sich wieder in Bewegung. Er ist in wenigen, schnellen Schritten an der Treppe angekommen und nimmt dann je zwei Stufen auf einmal. Als er mich erreicht, hat er sich bereits das Shirt über den Kopf gezogen, er schließt mich in die Arme und drückt mich so fest gegen seine nackte Brust, dass ich befürchte, er könnte mir die Rippen brechen.

„Oh mein Mädchen!“ Sein Griff lockert sich ein bisschen und seine Lippen finden meine. Noch während er mich küsst, hebt er mich hoch, so mühelos, als würde ich nichts wiegen und setzt mich erst im Schlafzimmer wieder ab.

Matthew legt sich auf sein Bett und zieht mich mit sich, bis ich in seinen Armen gefangen auf seiner festen Brust liege. Seine Augen glitzern verdächtig und ich könnte schwören, dass es Freudentränen sind, die ich dort erkennen kann. Er küsst mich, wieder und wieder, und er murmelt meinen Namen, völlig ungläubig und völlig überwältigt.

Ich atme seinen Duft tief ein, den ich so lange vermisst habe und ich spüre seine Wärme unter mir und seine Hände auf meiner Haut. Mein Herz schlägt so rasend schnell, dass ich fast Angst habe, dass es vor Überlastung jeden Moment einfach aufgeben könnte.

„Ich träume, oder?“ Seine Stimme ist rau und heiser und er hält mich immer noch fest.

„Nein, ich bin wirklich hier!“ Ich setze mich auf und ziehe das dünne Nachthemd über meinen Kopf, dann nehme ich seine Hände und lege sie auf meine Brüste. Ich atme scharf ein, als seine Handteller meine Brustwarzen berühren. Ich will ihn spüren, ich habe ihn so sehr vermisst und jetzt will ich ihn einfach nur noch spüren. Überall. Auf mir, in mir, ich will merken, dass wir wieder zusammen sind, mit jeder Faser meines Körpers.

Matts Hände wandern über meine Brüste, über meinen Bauch, zurück zu meinen Brüsten und zu meinen Schultern, er umfasst mein Gesicht und zieht mich wieder zu sich, um mich zu küssen. An jeder Stelle, die seine Hände berühren, setzt er ein Feuer in Brand. Er dreht mich herum. Nun liege ich mit dem Rücken auf dem Bett und Matt schiebt sich halb über mich. Er streichelt mich, küsst mich und er scheint überall gleichzeitig zu sein. Er küsst meine Schlüsselbeine, mein Dekolleté und als er meine rechte Brustwarze zwischen seine Lippen zieht und sanft daran knabbert, stöhne ich laut auf. Ich brenne jetzt lichterloh für ihn, ich sehne mich nach ihm und ich kann spüren, wie meine Nässe bereits mein Höschen durchdringt. Der Raum erfüllt sich mit dem Geruch meiner eigenen Erregung und als er seine süße Folter an meiner anderen Brust fortsetzen will, schüttle ich den Kopf.

„Nicht“, hauche ich.

„Gefällt es dir nicht?“

„Doch, es ist nur …“

Er stützt sich auf seine Unterarme, um mir ins Gesicht schauen zu können.

„Was ist los, Sophie?

Ich lecke mir nervös über die Lippen.

„Matt … ich will jetzt kein Vorspiel. Ich will dich in mir. Hier und jetzt. Sofort. Ich kann nicht warten. Bitte …“

Matthew lacht rau auf und fast gleichzeitig hat er sich die Hose ausgezogen. Meinen String schiebt er einfach zur Seite und als er spürt, wie feucht ich für ihn bin, lacht er noch einmal, freudig und erregt. Unmittelbar danach dringt er in mich ein.

Ich spüre, wie er mich dehnt und wie er mich ausfüllt, ich wölbe ihm mein Becken entgegen, um ihn noch tiefer in mir aufzunehmen, um keinen Millimeter seiner harten Länge in mir zu verpassen. Ich habe ihn so sehr vermisst! Ich will es nicht sanft und zärtlich, ich will ihn unmittelbar, wild und ursprünglich, ich will mich verlieren und vergessen, ihm alles von mir schenken, was ich habe.

Ich sporne ihn an, indem ich ihm bei jedem seiner Stöße entgegenkomme und er braucht nicht lange, um zu merken, was ich von ihm will. Er küsst mich rau und beginnt, in mich zu stoßen, hart und schnell, erfüllt von ehrlicher, reiner Lust. Wir geben uns dem Gefühl von vollkommener Ekstase hin, animalisch und leidenschaftlich. Binnen kürzester Zeit kann ich fühlen, wie sich mein Orgasmus in mir aufbaut. Ein dünner Schweißfilm überzieht meinen Körper und ich fange an zu zittern.

„Mach weiter. Bitte … ich brauche dich!“ Ich sehe, wie er die Augen schließt und den Kopf in den Nacken legt, wie die Adern an seiner Schläfe vor Anstrengung hervortreten, während er noch ein bisschen schneller und härter zustößt. Mit jedem Mal, das er sich in mich schiebt und sich dann wieder aus mir zurückzieht, mit jedem Zentimeter, den er sich in mir bewegt, spüre ich, wie sich die Erregung in mir steigert, größer wird, mich verschlingt, bis mein ganzer Körper nur noch aus Verlangen zu bestehen scheint. Ich schreie auf, als ich komme, beiße ihm in das weiche Fleisch zwischen Hals und Schulter. Schreie, bis ich heiser bin und bin dabei so sehr mit mir selbst beschäftigt, dass ich beinahe nicht bemerke, dass auch er kommt, ganz tief in mir.

Er bricht schwer atmend auf mir zusammen, ich spüre seinen Körper und seine Nähe, die ich so lange vermisst habe. Immer noch mit mir vereint, dreht er uns irgendwann auf die Seite, mein linkes Bein liegt über seiner Hüfte, seine Arme sind fest um mich geschlungen. Er küsst meinen Scheitel, dann schiebt er sich ein Stück von mir weg und schaut mich an.

„Ich kann gar nicht fassen, dass du hier bist!" Seine Hände streicheln über meinen Rücken.

„Ich auch noch nicht wirklich!" Ich lache leise und zeichne mit meinem Zeigefinger die kleine Narbe an seiner Unterlippe nach. Dann werde ich wieder ernst.

„Ich hoffe, es ist in Ordnung für dich, dass ich einfach so hergekommen bin? Ich habe es plötzlich nicht mehr ausgehalten, ohne dich sein zu müssen. Und ich wollte dich überraschen. Aber ich hätte vielleicht doch besser vorher mit dir sprechen sollen."

„Sophie!", er seufzt tief. „Sophie mein Mädchen, woher kommen immer nur all diese Zweifel? Ich habe so oft davon geträumt, dass du hier bei mir bist, es mir so sehr gewünscht! Als ich dich vorhin hier auf meiner Treppe stehen sah, halbnackt … wenn ich seit meiner Rückkehr aus Deutschland auch nur einen Wunsch frei gehabt hätte, dann hätte ich mir genau das gewünscht. Dich, halbnackt und am besten für immer." Er küsst mich. „Ich kann mich nicht erinnern, dass ich je in meinem Leben eine schönere Überraschung erlebt habe als diese hier."

Ich kuschele mich zufrieden in seine Arme. Plötzlich fällt die ganze Anspannung von mir ab, das Gefühl der Einsamkeit der letzten Wochen, die Panik, die ich während des Fluges hatte, die Aufregung, einfach alles. Seit vielen Jahren habe ich das erste Mal das Gefühl, tatsächlich irgendwo wenigstens ein kleines bisschen hinzugehören.

+++

Matt bleibt wach, bis Sophie in seinen Armen tief und fest schläft, nur um sie im Schlaf betrachten zu können. Ihre Züge sind entspannt und sie seufzt leise, um sich dann noch ein bisschen enger in seine Arme zu kuscheln.

Er kann immer noch nicht richtig glauben, dass sie tatsächlich hier ist. Als er sie heute auf seiner Treppe stehen sah, hat er kurz gedacht, jetzt völlig wahnsinnig geworden zu sein, akustische und visuelle Wahnvorstellungen zu haben.

Seit er aus Deutschland zurück ist, hat er soviel von Sophie fantasiert, dass er sich tatsächlich erst nicht sicher war, ob ihm sein Verstand vielleicht nur einen Streich spielt.

Mit der Rückseite zweier Finger fährt er sanft die Kontur ihres Kiefers nach.

Seine starrköpfige, schöne Sophie! Nie hätte er damit gerechnet, dass sie von selbst hierher kommen würde. Er hatte sich auf einen langen, harten Kampf diesbezüglich eingestellt. Nun ist sie hier. Einfach so. Der erste Kampf ist also schon gewonnen.

Sie ist hier!

Und das wird es ihm erleichtern, die nächsten Kämpfe auch zu gewinnen. Er ist bereit zu kämpfen, bis zum Letzten, wenn es sein muss. Denn der Preis, den es zu gewinnen gibt, lässt sich mit nichts anderem auf der Welt vergleichen.

Der Preis ist Sophie. Die Frau, die er liebt.

+++

Kapitel 3

„Möchtest du irgendetwas Besonderes machen? Soll ich dir die Stadt zeigen?“, fragt mich Matthew am nächsten Morgen nach dem Frühstück. Es ist der einzige Tag, an dem er diese Woche kein Training hat.

Ich zögere ein wenig, bevor ich antworte.

„Ich möchte noch einkaufen gehen, wenn du nichts dagegen hast.“

„Shoppen gehen?“ Er zuckt mit den Schultern. „Gleich am ersten Tag? Du verlierst ja keine Zeit!“ Er lächelt nachsichtig und sucht nach seinen Schlüsseln.

Ich schüttle den Kopf.

„Ich will nicht shoppen gehen, ich will in einen Supermarkt!“

Matt legt den Kopf schief und schaut mich ein bisschen irritiert an.

„Fehlt dir noch irgendwas? Ich kann auch alles liefern lassen.“

„Nein, mir fehlt nichts. Aber seit ich ein kleines Kind war, habe ich davon geträumt, Unmengen amerikanischer Eissorten kaufen zu dürfen. Bitte, ich möchte in einen Supermarkt und jede Sorte Eiscreme kaufen, die ich nicht kenne. Und vielleicht auch noch die Hälfte aller Süßigkeiten, die es in Deutschland nicht gibt …“

Matt fängt an zu lachen.

„Du bist erst einen Tag hier und alles, was du machen willst, ist Eis und Süßigkeiten kaufen?"

„Alles, was ich wirklich machen wollte, haben wir schon im Schlafzimmer gemacht, wenigstens fürs Erste. Ich bin Amerikanerin – zumindest zur Hälfte – und ich war noch nie in einem amerikanischen Supermarkt, um Lebensmittel zu kaufen …"

„Ein Skandal!" Matt lacht noch immer. „Aber ich gehe gerne mit dir Eis und Süßigkeiten kaufen. Du bist besorgniserregend dünn geworden", setzt er dann ernst hinzu. „Ich will dich glücklich sehen, Sophie. Und gesund, nicht völlig unterernährt."

Er gibt mir einen sanften Kuss. Dann sagt er mit einem verheißungsvollen Ton: „Komm, du darfst dir heute so viele Süßigkeiten aussuchen, wie du willst."

Im Supermarkt laden wir laut lachend Eis, Kekse und Schokolade in den Einkaufswagen. Ich bin völlig entzückt von den vielen verrückten Sorten, die ich nicht kenne.

„Diese hier müssen wir auch kaufen, das ist meine Lieblingssorte!" Matt hält einen Becher mit dem klangvollen Namen „Peanut Poetry" hoch, dessen Inhalt aus Vanilleeis, Erdnussbutter und Himbeersoße besteht.

Nach einer Weile fällt mir auf, dass wir von allen Seiten angestarrt werden. Ich versuche mich zu beherrschen, nicht mehr so laut zu lachen, die viele Aufmerksamkeit ist mir ein bisschen peinlich.

Erst als ein kleiner Junge mit einem Stift in der Hand schüchtern auf Matt zukommt und ihn um ein Autogramm bittet, wird mir plötzlich klar, dass die Leute nicht schauen, weil ich so laut lache, sondern dass sie schauen, weil Matt *Matthew Johnson* ist.

Matt schreibt dem Jungen lächelnd eine Widmung mit Autogramm in etwas, das wie ein Matheheft aussieht. Er wechselt, noch immer lachend, ein paar Worte mit ihm und nimmt ihn freundlich grinsend in den Arm, als die Mutter des Jungen fragt, ob sie mit dem Handy ein Foto von den beiden machen kann. Binnen kürzester Zeit hat sich eine kleine Menschentraube um ihn herum gebildet und er verteilt lächelnd Autogramme und posiert für Fotos. Matthew meistert diese Situation mit einer gelassenen Professionalität, die deutlich macht, dass dies Teil seines Alltags ist.

Der Typ ist ein Star!

Mein Freund ist ein Star. Ich habe das natürlich schon vorher gewusst. Sich über Dinge in der Theorie klar zu sein und sie in der Praxis zu erleben, sind allerdings zwei verschiedene Paar Schuhe.

Ich schaue auf die Unmengen von Süßigkeiten und Eiscreme in unserem Einkaufswagen und das Gefühl, unter Beobachtung zu stehen, ist plötzlich so dominant, dass es mir die gute Laune verdirbt.

Als könnte Matt meine Gedanken lesen, verteilt er noch ein letztes Autogramm und löst sich dann, freundlich, aber bestimmt, aus dem kleinen Pulk von Fans, der sich um ihn gebildet hat und kommt zu mir zurück.

„Möchtest du noch irgendetwas von hier?“ Er streicht mir liebevoll eine Haarsträhne aus dem Gesicht, während uns immer noch alle mehr oder weniger diskret anstarren.

„Nein“, sage ich kopfschüttelnd. „Lass uns gehen.“ Ich lege meine Hand auf Matts Arm.

„Nach Hause?“ Seine Stimme ist ganz tief.

„Ja, nach Hause.“

Er nimmt mich in den Arm und küsst mich.

„Das klingt wunderbar!“

Mein Blick gleitet über die vielen Menschen im Laden und bleibt kurz an einer überaus hübschen, dunkelhaarigen Frau hängen, die uns besonders penetrant beobachtet. Sie lächelt schnell und dreht sich weg, als sie meinen Blick bemerkt. Meine ganze Ausgelassenheit ist auf einmal verschwunden.

Ich bin froh, als wir wieder in Matts Haus angekommen sind. So sehr im Mittelpunkt zu stehen, das ist etwas, woran ich mich erst werde gewöhnen müssen. Ich bin sonst eher der Typ, der öfter mal übersehen als mit Aufmerksamkeit überschüttet wird.

Ich finde in seinem Schrank ein Paket Kräutertee und koche uns eine große Kanne davon. Eine Tasse voll heißen Tees war das Geheimrezept meiner Granny gegen jegliche Form des Unwohlseins. Mit meiner Tasse in der Hand kuschle ich mich auf das Sofa und Matt kommt zu mir. Bevor er sich neben mich setzt, stellt er ein Tablett auf dem kleinen Couchtisch vor mir ab, darauf stehen sechs verschiedene Sorten Eis, daneben liegen zwei Teelöffel.

Er öffnet die erste Packung und fängt an zu essen.

„Wie lange kannst du denn hierbleiben?“ Er löffelt nebenbei Eiscreme in seinen Mund.

„Ich weiß es nicht genau. Bisher habe ich noch keinen Rückflug gebucht …“ Mir ist das plötzlich unangenehm, so als ob ich mich, ohne ihn zu fragen, einfach bei ihm einquartiert hätte. Was ich ja de facto auch habe.

„Das heißt, du bleibst erst einmal für eine Weile hier?“ Matt klingt hoffnungsvoll.

„Nein. Ja. Wenn ich ehrlich bin, habe ich mir noch gar keine richtigen Gedanken darüber gemacht.“ Ich komme mir so unendlich naiv vor, weil ich einfach so in den Flieger gestiegen bin, ohne einen wirklichen Plan zu haben, wie meine und wie unsere Zukunft hier aussehen soll.

„Ich fände es wirklich sehr schön, wenn du erst einmal einfach ein Weilchen bleiben würdest, Sophie.“ Mit nachdenklichem Blick lehnt er sich auf dem Sofa zurück und klopft sich gedankenverloren mit dem Teelöffel gegen seine Unterlippe. „Kann ich dich darum bitten, Sophie? Kann ich dich darum bitten, einfach eine Weile hierzubleiben und es mit mir zu versuchen? Ich weiß, wie schwer es für dich ist, deine Unabhängigkeit aufgeben zu müssen. Ich verspreche dir, dass ich alles in meiner Macht Stehende tun werde, damit es dir hier gut geht.“ Grübelnd runzelt er die Stirn und macht eine kurze Pause.

„Wenn du willst, dann können wir dir eine Wohnung suchen, wenn es dir zu viel ist, hier bei mir zu wohnen“, sagt er dann schließlich.

Matt sieht mich an und ich trinke noch einen weiteren Schluck Tee, um meinen Magen zu beruhigen, der sich plötzlich unangenehm zusammenzieht. „Schöner fände ich es allerdings“, fährt er dann endlich zwischen zwei Löffeln Eis fort, „wenn du hier bei mir bleiben würdest.“

Eine Weile ist es still und niemand sagt ein Wort. Matt isst Eis und ich nippe an meinem Tee. Wir sitzen einfach nur nebeneinander und denken nach. So ruhig der Moment auch erscheinen mag, innerlich könnte ich kaum aufgewühlter sein. Ich muss eine Entscheidung treffen. Bleibe ich hier und gebe uns eine Chance oder verschwinde ich gleich wieder und das ganze Drama geht von vorne los? Ich denke daran, wie schlecht es mir in den letzten Wochen ging, wie elend ich mich ohne Matt gefühlt habe. Natürlich habe ich Angst davor, mich auf ihn einzulassen. Noch mehr Angst habe allerdings ich davor, es nicht zu tun. Genau genommen habe ich ja sogar bereits ausprobiert, was passiert, wenn ich mich *nicht* auf ihn einlasse. Und geendet hat das Ganze damit, dass ich wie ein Häufchen Elend in einem Flugzeug nach Boston saß. Selbst ich kann die Augen nicht davor verschließen, dass es gar keine andere Möglichkeit gibt als hierzubleiben und mein Glück mit Matt zu versuchen oder wieder zurück nach Hause zu fliegen und kreuzunglücklich zu sein. Wirklich kompliziert sollte diese Entscheidung also nicht sein.

Ich gebe meinem Herzen einen Ruck und hauche dann zaghaft „ja“, so leise, dass ich es selbst kaum hören kann.

Matt dreht seinen Kopf abrupt in meine Richtung.

„Hast du gerade ‚ja‘ gesagt?“

Nickend lächele ich ihn zaghaft an. „Ja, habe ich.“

In Matts Blick sehe ich Freude und unendliche Erleichterung, dann ergreift ein strahlendes Lächeln Besitz von seinem Gesicht. Lachend schiebt er sich noch einen Löffel Eis in seinen Mund und er sieht so zufrieden und glücklich aus, dass ich gar nicht anders kann, als ihn zu küssen. Seine Lippen fühlen sich ganz kalt auf meinen an. Als seine Zunge in meine vom heißen Tee erwärmte Mundhöhle eindringt, wird der Reiz durch die Kälte noch verstärkt. Er schmeckt süß und kalt und wunderbar, ich schlinge meine Arme um seinen Nacken und ziehe ihn auf mich. Endlich eine Entscheidung getroffen zu haben erleichtert mich, aber gleichzeitig hat es mich auch aufgewühlt. Ich will ihm nah sein, so nah wie möglich, Trost und innere Ruhe in seiner Berührung finden. Und ich will Sex, der mich auf andere Gedanken bringt. Ich schlinge meine Beine um seine Hüften, ziehe ihn noch enger auf mich und verstärke die Intensität meines Kusses.

Mit einem rauen Lachen befreit er sich aus meinen Armen und zieht sich von mir zurück.

„Diesmal nicht!“ Sein Ton ist bestimmt und ich schaue ihn verwundert an. „Diesmal, mein Mädchen, bestimme ich, was hier passiert.“ Sein Daumen streicht über meine Unterlippe. „Aber erst räume ich noch schnell das Eis weg.“ Er steht auf und geht mit dem Tablett in Richtung Küche, ich schaue ihm hinterher und merke, dass sich meine Mitte bereits voller Vorfreude zusammenzieht. Mein Körper reagiert auf diesen Mann, ohne dass er überhaupt wirklich etwas gemacht hat. Allein die Art, in der er sich bewegt, reicht mir aus, um ihn zu wollen.

Als er wieder zu mir zurückkommt, zieht er sich sein Shirt über den Kopf. Ich starre auf seinen nackten Oberkörper und strecke die Hand nach ihm aus, um ihn zu berühren.

„Nicht anfassen!" Er nimmt meine beiden Handgelenke in seine linke Hand und hält sie über meinem Kopf fest. Er schiebt mich auf dem Sofa weiter nach hinten, sodass mein Rücken an der Lehne des Sofas Halt findet.

Er küsst mich, seine Zunge erforscht meinen Mund, während seine freie Hand meine Bluse aufknöpft. Als er bei meinem weißen Spitzen-BH ankommt, gibt er ein tiefes, knurrendes Geräusch von sich.

„Ich mag deine Unterwäsche! Schöne Frauen in schöner Unterwäsche sind wie ein einladend verpacktes Geschenk." Ich spüre einen brennenden Stich der Eifersucht und ich frage mich, wie viele schöne Frauen in schöner Wäsche sich ihm wohl schon zum Geschenk gemacht haben. Bereits einen kurzen Atemzug später bin ich wieder abgelenkt. Er streichelt das nackte Stück Haut meiner Brüste, das über dem BH zum Vorschein kommt. Ich biege meinen Rücken durch, sodass sich mein Oberkörper ihm entgegen wölbt und er lächelt.

„Langsam, Baby. Diesmal machen wir es langsam."

Er hält meine Hände immer noch fest und verteilt kleine Küsse auf meinem Hals und auf meiner Schulter. Seine Lippen wandern tiefer, durch den dünnen Spitzenstoff hindurch leckt er über meine Nippel, die sich wie kleine Perlen darunter abzeichnen. Ich spüre die Nässe seiner Zunge. Das raue Material verstärkt den Effekt seiner Berührung noch zusätzlich. In aller Seelenruhe widmet er sich erst der einen, dann der anderen Seite, seine Zunge zeichnet auf meinem dünnen BH kleine Kreise um die Knospen meiner Brüste herum, er leckt darüber, pustet sanft auf den nassen Stoff, was sich seltsam warm und kalt zugleich anfühlt. Als er meinen Nippel schließlich zwischen seine Lippen saugt, ist alles bereits so sensibel geworden, dass ich den Kopf mit geschlossenen Augen in den Nacken lehne und aufstöhne.

Irgendwann lässt er meine Hände los und zieht mir die Bluse aus. Geschickt öffnet er die Häkchen meines BHs und streift ihn mir von den Schultern. Als ich die Hände nach ihm ausstrecken will, schüttelt er den Kopf.

„Dieses Mal nicht, Honey. Ich habe dir doch gesagt: Ich bestimme!“ Mit einem diabolischen Grinsen fesselt er mir die Hände mit meinem BH hinter meinem Rücken zusammen.

Ich sitze vor ihm, mit entblößten Brüsten. Matt macht einen Schritt nach hinten und betrachtet mich, während ich halbnackt vor ihm auf dem Sofa sitze.

Er legt den Kopf ein bisschen schief und mustert mich eingehend. Dann verziehen sich seine Lippen zu einem zärtlichen Lächeln.

„Du bist so schön, Sophie!“ Er kommt wieder zu mir, küsst meinen Mund und widmet sich dann meinem Busen. „Du bist so wunderschön!“ Er seufzt tief, dann nimmt er sein süßes Spiel von vorher wieder auf.

Er liebkost mein Dekolleté mit Mund und Händen, bis er sich dann endlich den empfindlichen Spitzen meiner Brüste widmet.

Ich beginne, mich unter ihm zu winden, als er sanft an den rosigen Knospen knabbert, aber er macht einfach ungerührt weiter. Ich spüre seine Zähne, die über meine sensiblen Brustwarzen kratzen und ich kann gar nicht genug von seiner Berührung bekommen. Bei jedem Kratzen empfinde ich sofort eine Reaktion in meinem Schoß, ein heißes Prickeln, das sich dort ausbreitet und von Sekunde zu Sekunde zunimmt.

Zu gerne würde ich ihn jetzt berühren, meine gefesselten Hände lassen es allerdings nicht zu. Wenn ich ernsthaft versuchen würde, mich zu befreien, würde mir das wahrscheinlich gelingen, aber ich merke, dass ich anfange, es zu genießen, mich Matthew völlig auszuliefern, ihm die Kontrolle zu überlassen und alle Verantwortung einfach abgeben zu können.

Irgendwann lässt er von meinen Brüsten ab und widmet sich meinem Bauch, verteilt viele kleine Küsse rund um meinen Bauchnabel herum, bevor er seine Zunge in meinen Nabel eintauchen lässt. Ich bekomme eine Gänsehaut, während sich das süße Ziehen in meinem Unterleib immer weiter ausbreitet und die Nässe zwischen meinen Beinen stetig zunimmt. Hoffentlich fällt ihm nicht auf, wie erregt ich gerade bin, weil es mir fast schon unangenehm ist.

Während er weiterhin meinen Bauch küsst, öffnet er meine Hose und zieht sie mir aus, meine restliche Unterwäsche verschwindet ebenfalls. Dann beginnt er, meine Haut mit Küssen zu bedecken. Seine Küsse sind federleicht. Als er sie auf die Innenseite meiner Oberschenkel haucht, muss ich kichern, weil es ein bisschen kitzelt. In genau diesem Moment beißt er zu. Die Intensität seines Bisses ist wohldosiert, gerade so fest, dass es ein kleines bisschen wehtut und sich der sanfte Schmerz mit der prickelnden Erregung in mir vermischt. Ich lege den Kopf zurück und stöhne auf. Er wiederholt es, wieder und wieder, sanfte kitzelnde Küsse, dann ein Biss, dann wieder Küsse. Die Mischung aus erregendem Schmerz und erregender Zartheit jagt einen köstlichen Schauer nach dem nächsten über meinen Körper. Das Kratzen seiner Zähne, die sanfte Liebkosung seiner Zunge, welche den Biss lindert, der zarte, kitzelnde Hauch seiner Küsse … mein ganzer Körper konzentriert sich nur noch auf die Stellen, an denen er mich berührt. Und der Rest von mir scheint nur noch aus Stellen zu bestehen, die von ihm berührt werden wollen.

Seine Küsse wandern immer höher, er hat aufgehört, zu beißen und saugt stattdessen an meiner Haut. Als seine Lippen an meiner Mitte ankommen und er mit seiner Zunge mein weiches, feuchtes Fleisch teilt, beginnt flammende Begierde in meinem Körper zu tanzen. Er saugt an meiner empfindlichen Perle und taucht gleichzeitig mit zwei Fingern tief in meine Nässe ein. Er ist mal zart und sanft, dann wieder fordernd und fest und ich fühle mich, als würde ich mich unter seinen Berührungen aufzulösen beginnen. Mein Körper prickelt, steht lichterloh für ihn in Flammen und ich kann das verlangende Ziehen meines sich nähernden Höhepunktes bis in meine Waden spüren. Meine Finger krallen sich im weichen Polster des Sofas fest und ein Beben erschüttert mich, bevor ich laut stöhnend an seinem Mund komme.

Er lässt mich meinen Höhepunkt genießen, dann steht er auf und schaut mich an. Sein Blick ist dunkel vor Verlangen und um seine Lippen spielt ein leichtes Lächeln.

Immer noch gefesselt und für ihn entblößt sitze ich auf seinem Sofa und lasse meine Blicke über diesen wunderschönen Mann wandern. Ich bewundere die Konturen seiner Muskeln, den braunen Ton seiner samtigen Haut. Trotz meines Höhepunktes verlangt mein Körper immer noch nach ihm, will immer noch mehr von diesem Mann. Mein Blick bleibt schließlich an seinen Jeans hängen, die er immer noch trägt und unter denen sich seine mächtige Erektion deutlich abzeichnet. Matt folgt meinem Blick.

„Soll ich das für dich ausziehen, Sophie?“

Ich befeuchte meine trockenen Lippen mit der Zunge und nicke. „Bitte!“ Meine Stimme klingt heiser.

Ich erkenne ein wölfisches Lächeln in seinem Gesicht. Provozierend langsam öffnet er seine Jeans und hakt dann seine Daumen gleichzeitig in den Bund seiner Jeans und seiner Shorts ein, um sie nach unten zu ziehen.

Sein wunderschöner Schwanz springt mir entgegen, ich sehe bereits den ersten Tropfen der Lust auf seiner Spitze schimmern. Matt nimmt ihn in die Hand und streichelt ihn, gemächlich von der Wurzel bis zur Spitze und wieder zurück. Einmal, zweimal, dreimal, es ist erregend, ihm dabei zuzuschauen, wie er sich berührt, ich kann meinen Blick nicht von ihm abwenden, ich würde ihn gerne berühren, aber er lässt meine Hände immer noch gefesselt. Als wäre ich dort festgebunden, bleibe ich wie gebannt auf dem Sofa sitzen.

„Willst du ihn, Sophie? Willst du meinen Schwanz?“

Mein begehrlicher Blick ist ihm Antwort genug und er kommt näher an mich heran. Sein männlichstes Stück befindet sich jetzt genau vor meinem Gesicht. Er umfasst ihn an der Wurzel und ich strecke die Zunge aus, um den verführerisch glitzernden Tropfen auf seiner glänzenden Spitze wegzulecken.

Matt stöhnt durch zusammengebissene Zähne auf. Ermutigt von seiner Reaktion lehne ich mich vor und umschließe ihn mit meinen Lippen. Gerne würde ich ihn tiefer in meinen Mund nehmen, aber Matt lässt es nicht zu. Ich sauge an seiner Spitze, lasse meine Zunge immer wieder über ihn gleiten und Matts Reaktion darauf, die mir zeigt, wie sehr ihn das anmacht, wirkt auf mich, als hätte jemand Benzin in das Feuer meiner eigenen Lust gegossen. Die feinen Härchen an meinem Körper stellen sich auf und ich bekomme eine Gänsehaut.

Ohne eine Erklärung zieht Matt sich plötzlich aus meinem Mund zurück. Seine starken Arme drehen mich mühelos um, sodass ich mit dem Rücken zu ihm auf dem Sofa knie. Mein Oberkörper wird auf die weiche Lehne gedrückt, meine Hände bleiben weiterhin auf dem Rücken zusammengebunden.

Er zieht mich an der Hüfte ein Stück nach oben und spreizt meine Beine, dann spüre ich seine mächtige Erektion an meinem nassen, heißen Eingang.

Ganz langsam dringt er in mich ein, lässt mich jeden Zentimeter seiner erregten Härte spüren. Nach einer gefühlten Ewigkeit beginnt er endlich, sich in mir zu bewegen, unerträglich langsam zieht er sich aus mir zurück, um sich dann gemächlich wieder in mich zu versenken. Nur langsam steigert er sein Tempo, lässt seine Stöße tiefer und härter werden. In der Stille des Raumes sind nur noch unser Stöhnen und das Aufeinanderprallen unserer Körper zu hören. Mein Herz rast und meine Atmung beschleunigt sich ins Unermessliche, mein Stöhnen vermischt sich mit Matts, der sich ebenfalls nicht mehr unter Kontrolle hat. Er krallt sich im weichen Fleisch meiner Hüften fest, ein tiefes Seufzen verlässt seine Brust.

„Sophie …“ Ich bin erstaunt darüber, dass er überhaupt noch schafft, meinen Namen halbwegs klar zu artikulieren, ich selbst wäre dazu nicht mehr in der Lage.

Beinahe im selben Augenblick spüre ich den ersten, heißen Strom seines Spermas in mir und als ich mich Sekunden später in süßen Krämpfen um ihn herum zusammenziehe und mein ganzer Körper von einem mächtigen Höhepunkt erschüttert wird, sehe ich helle Lichtblitze hinter meinen geschlossenen Augenlidern.

Am nächsten Tag muss Matt wieder zum Training. Sobald er weg ist, fühlt sich das große Haus leer und fremd an. Ich setze mich an den Esstisch, klappe meinen Laptop auf und versuche zu arbeiten, aber ich kann mich einfach nicht konzentrieren. Vielleicht ist der Esstisch einfach der falsche Ort dafür, zu Hause habe ich nur an meinem Schreibtisch wirklich konzentriert arbeiten können.

Ich wandere unruhig durchs Haus und gehe von einem Zimmer in das nächste. Entweder gibt es keinen Schreibtisch, oder das Licht fällt so ungünstig, dass es mich blendet oder es gibt sonst irgendetwas, das mich stört. Nach einer Stunde komme ich wieder im Wohnzimmer an und schalte den Laptop genervt ab und den Fernseher ein.

Für meine momentanen Aufträge steht mir ein recht großes Zeitfenster zur Verfügung, es kommt also auf einen Tag mehr oder weniger gerade nicht an. Und vielleicht klappt es ja morgen besser, tröste ich mich selbst, während ich beschließe, es für heute endgültig mit der Arbeit gut sein zu lassen.

Ich schalte mich durch die diversen Programme, doch es gibt dort nichts, was meine Aufmerksamkeit lange fesseln könnte. Die Auswahl der Sender ist zwar noch größer als zu Hause, aber besser ist das Programm deshalb noch lange nicht.

Eine Weile bleibe ich bei einer alten Folge der *Simpsons* hängen. Die Originalstimmen sind so ungewohnt für mich, dass es mich stört und ich habe gerade keine Lust darauf zu warten, ob ich mich vielleicht daran gewöhne, wenn ich einfach weiterschaue. Es fühlt sich auf eine ungute Weise unvertraut an.

Mit einem genervten Seufzen schalte ich den Fernseher wieder ab und schaue auf die Uhr.

Bis Matt wieder nach Hause kommen wird, dauert es noch fünf Stunden.

Noch fünf Stunden!

Gerade kommt mir das wie eine halbe Ewigkeit vor.

Ich langweile mich.

Ich *langweile* mich!

Keine Ahnung, wann ich diesen Zustand das letzte Mal erlebt habe. Auf alle Fälle ist es so lange her, dass es außerhalb meines Erinnerungsvermögens liegt. Ich habe sonst immer etwas zu tun. Arbeit, Haushalt, Garten, Freundes- und Bekanntenkreis, meinen Bruder … irgendwo lässt sich sonst immer eine Baustelle finden, an der ich tätig werden kann.

Ich gehe in die Küche und öffne den Kühlschrank, aber irgendwie finde ich nichts darin, was ich gerade würde essen mögen. Also mache ich die Kühlschranktür wieder zu, und als ich mich umdrehe, bekomme ich beinahe einen Herzinfarkt, weil plötzlich jemand in der Küche steht.

Entsetzt schreie ich auf.

Die Person in der Küche hebt beschwichtigend die Hände in die Luft und gibt ebenfalls einen unterdrückten Aufschrei von sich. Es handelt sich um eine Frau, vielleicht Mitte fünfzig und etwas übergewichtig. Eigentlich sieht sie ganz harmlos aus.

Einige Sekunden lang starren wir uns beide nur völlig reglos an, dann lässt sie ihre Hände langsam wieder sinken.

„Sophie! Sie sind Sophie, oder?“

Vor Schreck noch völlig starr, kann ich nur schwach nicken.

„Matthew hat mir ein Foto von Ihnen gezeigt. Ich bin Mrs. Meyer, ich helfe Mr. Johnson ein wenig mit dem Haushalt!“

„Oh!“, hauche ich, immer noch nicht fähig, mehr von mir zu geben und meine Hand wandert zu meinem rasenden Herzen.

Seine Haushälterin hat mich fast zu Tode erschreckt. Wie verweichlicht bin ich denn?

„Er hat Ihnen wohl nicht gesagt, dass ich heute herkomme?“ Sie betrachtet mich mitfühlend mit warmen Augen.

„Nein, das hat er wohl vergessen!“ Ich lächele sie an und sie lächelt zurück, um ihre Augen bilden sich eine Vielzahl kleiner Lachfältchen.

„Männer!“ Sie lacht jetzt leise. „Ich habe beim Hereinkommen bemerkt, dass die Alarmanlage aus ist und dachte erst, Matthew selbst wäre zu Hause. Sonst hätte ich vermutlich gleich die Polizei gerufen … aber ich habe sie erkannt. Mr. Johnson hat mir so viele Bilder von Ihnen gezeigt! Er redet nur noch von Ihnen, seit er aus Deutschland zurück ist!“ Sie lächelt freundlich und mustert mich kurz. „Und ich kann ihn gut verstehen, Sie sind wirklich ein sehr hübsches Persönchen!“

„Danke“, hauche ich und merke, dass ich rot werde.

Mrs. Meyer nickt nur weise lächelnd und macht sich dann daran, die ohnehin schon tipptopp saubere Küche zu putzen.

„Sie haben wohl versucht zu arbeiten?“ Sie deutet auf meinen Laptop, der immer noch auf dem Tisch steht.

Ich nicke. „Ich habe es versucht. Aber irgendwie habe ich noch nicht den richtigen Platz zum Arbeiten gefunden.“

Sie nickt erneut verständnisvoll, bevor sie wieder konzentriert damit fortfährt, die Küche zu bearbeiten.

Ich komme mir völlig fehl am Platz vor und zusätzlich noch so, als würde ich im Weg herumstehen. Sie macht sich so selbstverständlich an die Arbeit, dass man deutlich merkt, wie vertraut ihr dieses Haus ist. Und mir wird deutlich, wie fremd ich mich hier ohne Matt fühle.

Nach kurzem Nachdenken suche ich meine Handtasche, stecke Schlüssel, Handy und Portemonnaie ein.

„Ich gehe ein bisschen spazieren!“, rufe ich im Rausgehen in Mrs. Meyers Richtung und sie winkt mir und wünscht mir viel Spaß.

Als die Tür hinter mir ins Schloss fällt, bleibe ich unschlüssig stehen. Ich habe kein wirkliches Ziel und ich kenne mich hier nicht aus, zwei Punkte, die ich bei meiner Flucht aus Matts Haus nicht wirklich schlau bedacht habe.

Letztendlich ist es ja auch egal, wohin ich gehe, ein bisschen frische Luft und Bewegung werden mir bestimmt gut tun.

So irre ich also einfach eine Weile ziellos umher und lasse die Eindrücke der unbekannten Umgebung auf mich wirken. Überall gibt es hier die für Neuengland typischen roten Backsteinhäuser und mir kommt alles ein bisschen größer vor als zu Hause. Vielleicht liegt das aber auch nur daran, dass ich die Gegend wie mit den staunenden Augen eines Kindes betrachte.

Nach einiger Zeit habe ich zum sinnlosen Herumlaufen einfach keine Lust mehr und setze mich in einen kleinen Coffeeshop.

Ich bestelle mir einen Kaffee mit viel Milchschaum sowie einen großen Chocolate-Chip-Cookie mit dunkler und weißer Schokolade am Tresen, suche mir einen ruhigen Fensterplatz und hänge meinen Gedanken nach. Ich bin froh, dass ich hergekommen bin. Auch, wenn im Moment alles neu und ungewohnt für mich ist und ich hier erst einmal einen Platz für mich finden muss, war es dennoch eine gute Entscheidung. Ich fühle mich, zum ersten Mal seit Matts Abreise aus Deutschland, wieder so etwas wie glücklich. Dennoch mache ich mir Sorgen über meine, seine und unsere gemeinsame Zukunft. Ich bin letztendlich so überstürzt von zu Hause aufgebrochen, dass ich ohne eine Vorstellung hergekommen bin, ohne einen Plan, wie die Zukunft zwischen ihm und mir aussehen soll. Wir können eben nicht, wie jedes normale Paar, einfach ein paar Dates haben und nach und nach immer mehr Zeit miteinander verbringen, bis wir zusammenziehen.

Zugegeben, ich könnte mir eine eigene Wohnung suchen. Aber trotzdem muss ich mein Zuhause aufgeben, wenn ich mit Matt zusammen sein will und mich in einer fremden Stadt in einem fremden Land zurechtfinden. Ich werde mir früher oder später zwangsläufig auch Gedanken darüber machen müssen, ob und wann ich nach Deutschland zurückkehren will. Ich habe kaum drei Wochen mit ihm verbracht und jetzt muss ich mir schon solche Gedanken machen. Mir Fragen stellen, die man sich normalerweise erst viel später stellt, wenn man sich besser kennt und wenn man getestet hat, ob man auch in Alltagssituationen zueinander passt. Und nicht nur frisch verliebt im Urlaub.

So lange habe ich es vermieden, überhaupt eine Beziehung einzugehen. Und jetzt bin ich gleich in einer gelandet, in der es bis zu einem gewissen Grad nur ganz oder gar nicht gibt. Ausgerechnet ich bin nun gezwungen, mich kopfüber und ohne Kompromisse in eine Beziehung zu stürzen. Mein bisheriges Leben aufzugeben oder Matt aufzugeben. Das sind die einzigen beiden Möglichkeiten, die ich habe.

Hallo Schicksal, kann es sein, dass du gerne deine Späße mit mir treibst?

Am Rande nehme ich wahr, dass sich das Café nach und nach immer mehr füllt. Ich nehme einen großen Schluck Kaffee, der zwar immer noch fast voll, mittlerweile aber leider beinahe kalt ist, als mich die Stimme einer jungen Frau aus meinen Gedanken reißt.

„Darf ich mich zu Ihnen setzen?“ Sie lächelt mich freundlich an und hält einen Kaffee und einen Keks in der Hand.

„Natürlich!“ Ich deute auf den noch freien Platz mir gegenüber und sie setzt sich lächelnd hin. Sie ist auffallend hübsch und dunkelhaarig und ich habe das vage Gefühl, sie irgendwo schon einmal gesehen zu haben. Da das allerdings eher unwahrscheinlich ist und ich sie auch nirgends einordnen kann, komme ich zu dem Entschluss, dass es wohl nur Einbildung ist. Sie ist die Art von Frau, die man sich auch als Schauspielerin oder Model vorstellen könnte. Für meinen Geschmack vielleicht ein bisschen zu künstlich, aber wahnsinnig gut aussehend.

„Sie haben einen guten Geschmack!“, sagt sie lachend und macht eine Geste, die sowohl ihre als auch meine Bestellung einschließt. Genau wie ich hat sie einen Kaffee mit extra viel Milchschaum und dazu den gleichen Schokoladencookie, den auch ich bestellt habe.

„Ich komme fast jeden Tag hierher, sie machen einfach die besten Cookies in der ganzen Stadt!“ Sie bricht ein Stückchen davon ab und steckt es sich genüsslich in den Mund. Ich wundere mich darüber, dass sie so etwas isst – bei der schlanken Figur, die sie hat, hätte ich eher geglaubt, dass man gar nichts essen darf, um so auszusehen. Schon gar keine Schokolade, keine Milch und keine Kohlenhydrate! Nur wer will schon so ein betrübliches Leben führen? Ich tröste mich selbst damit, dass ich zwar mindestens zwei Kleidergrößen mehr habe als sie, dafür allerdings mehr als ein halbes Salatblatt am Tag essen kann.

„Ich bin heute zum ersten Mal hier." Ich lächele sie an. Im Prinzip steht mir gerade nicht sonderlich der Sinn nach sozialen Kontakten mit Fremden, aber sie wirkt freundlich und offen.

„Sind Sie nicht von hier?" Sie legt den Kopf leicht schief und schaut mich interessiert an.

„Nein, ich komme aus Deutschland."

Wie aufs Stichwort beginnen ihre Augen zu leuchten. „Oh, ich liebe Europa! Ich war mal in Paris!"

„Ja, ich auch", sage ich und muss lachen. Ich dachte immer, es wäre nur ein Vorurteil, dass die Amis ganz Europa über einen Kamm scheren.

Der Grund meines Lachens scheint ihr zum Glück entgangen zu sein, denn sie ist immer noch gleichbleibend unbekümmert.

„Und was führt Sie nach Boston?" Sie lächelt mehr oder minder durchgehend und ich weiß nicht, ob ich sie charmant oder aufdringlich finden soll.

„Ich besuche jemanden." Dann setze ich doch noch hinzu: „Meinen Freund." Ich weiß gar nicht genau, warum ich ihr das sage, vermutlich einfach deshalb, weil es sich so gut anfühlt, dass Matt *mein Freund* ist.

Ihr Lächeln wird noch ein bisschen strahlender und ich frage mich, ob sie abends wohl manchmal Muskelkater vom vielen Lächeln bekommt.

„Ach wie schön!", quietscht sie jetzt. „Erzählen Sie bitte! Ich liebe Lovestorys!" Sie schnappt nach Luft. „Ich bin übrigens Chelsea." Über den Tisch hinweg streckt sie mir ihre Hand entgegen.

Wie schön für Dich, Chelsea. Dann kauf dir doch ein nettes Buch, davon soll es ja viele mit Liebesgeschichten geben. Ich kann dir gerne eins empfehlen ...

Ich bin eigentlich nicht bereit, mit wildfremden Menschen über mein Privatleben zu sprechen. Aber ich bin zu gut erzogen, um sie so vor den Kopf zu stoßen.

„Freut mich, Chelsea, ich bin Sophie.“ Ich ergreife ihre Hand, die sich in meiner warm, trocken und schlaff anfühlt.

Wie eine tote Hasenpfote!

Mir wird schnell klar, dass ich Chelsea nicht wirklich leiden kann.

Kapitel 5

Egal wie verzweifelt ich es auch versuche, ich kann Chelsea einfach nicht entkommen. Ehe ich mich versehe, befinde ich mich in einer Art Verhör über mein Liebesleben. Natürlich könnte ich einfach aufstehen und gehen, aber ich bringe es nicht übers Herz, wenn ich in ihre erwartungsvoll aufgerissenen Augen schaue, die mich irgendwie an einen um Liebe bettelnden Welpen erinnern.

Sie ist zuckersüß und freundlich und unter dieser entzückenden Fassade scheint sie völlig erbarmungslos zu sein, zumindest, was das Stellen viel zu intimer Fragen angeht. Ich winde mich unter ihren Fragen wie ein Aal und versuche meine Antworten möglichst neutral zu halten. Trotzdem erzähle ich ihr viel zu viel für meinen Geschmack.

„Und, wie ist er sonst so?“, fragt sie gerade, reißt die Augen weit auf und lehnt sich, anscheinend in der Erwartung eines intimen Geständnisses, weit zu mir herüber.

„Gut aussehend und humorvoll“, antworte ich ihr, mit dieser Antwort kann man immerhin nichts falsch machen. Obwohl ich natürlich genau weiß, dass das nicht die Antwort ist, die sie hören wollte.

„Haben Sie schon gemeinsame Pläne für die Zukunft?“ Sie bohrt unerbittlich weiter nach. Diese Frage kann ich allerdings nicht sofort beantworten.

Haben wir schon Pläne für unsere gemeinsame Zukunft?

Wir haben bisher nie konkret darüber gesprochen. Und irgendwie … ich fühle mich im Moment noch gar nicht richtig in der Lage, irgendwelche Zukunftspläne zu schmieden. Genau genommen kenne ich Matthew dafür ja auch noch nicht lange genug. Ich würde gerne abwarten, schauen, wie es uns ohne Urlaubsgefühle als Paar zusammen ergeht. Wie es sich anfühlt, mit Matt den Alltag zu erleben, wie wir miteinander zurechtkommen, wenn wir nicht mehr ganz so frisch ineinander verliebt sind.

Ein Problem liegt darin, dass ich nicht weiß, wie es sich anfühlen müsste, damit es gut und zukunftsfähig ist. Ich hatte ja noch nie eine Beziehung, die überhaupt länger als ein paar Monate gehalten hat und auch nur ansatzweise als gut zu betiteln gewesen wäre. Ich werde mich wohl auf mein Gefühl verlassen müssen und darauf hoffen, dass man irgendwie merkt, was diesbezüglich richtig und was falsch ist.

Nachdenklich spiele ich mit meinem Armband, bis mir irgendwann auffällt, dass Chelsea mich immer noch erwartungsvoll ansieht und auf eine Antwort von mir wartet..

„Jetzt werde ich erst einmal ein Weilchen hierbleiben.“ Das ist die beste Antwort, die ich finden konnte, aber Chelsea zieht eine enttäuschte Schnute.

„Sie möchten doch bestimmt irgendwann mal heiraten und Kinder bekommen? Alle Mädchen träumen doch von einer großen Hochzeit und Kindern!“

Ich ziehe entgeistert die Augenbrauen hoch.

Himmel, ich dachte immer, solche Frauen wie Chelsea gäbe es nur im Film!

„Jetzt werde ich erst einmal ein Weilchen hierbleiben.“ Ich wiederhole meine Antwort von vorher, weil ich gerade wirklich nicht mehr weiß, was ich auf so eine Frage sonst sagen soll.

„Aber wenn es die große Liebe ist, dann will man doch mehr!“ Sie macht erstaunte, große, runde Kulleraugen und ich bin der Verzweiflung nahe.

In meiner Handtasche klingelt es und ich stelle erleichtert fest, dass es mein Handy ist und mir der Anruf hoffentlich die Chance geben wird, Chelsea zu entkommen.

„Bitte entschuldigen Sie …“ Ich ziehe mein Telefon aus meiner Handtasche und sehe, dass es Matt ist, der mich anruft. Ich stehe auf und gehe ein paar Schritte vom Tisch weg, sodass Chelseas neugierige Ohren nicht hören können, was ich am Telefon sage.

„Hi!“ Ich kann das Lächeln nicht unterdrücken, als ich den Anruf annehme.

„Hey Honey! Alles gut bei dir?“

„Ja, alles bestens. Ich sitze in einem Café. Und bei dir?“

„Auch alles gut. Ich bin in einer Stunde zu Hause, das Training hat heute nicht ganz so lange gedauert. Ich würde nachher gerne noch eine Art Ausflug mit dir machen, hast du Lust?“

„Gerne. Verrätst du mir, was wir machen?“

„Mmmmmh … nein.“ Er lacht vergnügt.

„Schade. Wenn ich den Rückweg sofort finde, dann bin ich hoffentlich auch in einer Stunde zu Hause.“ Ich bete innerlich, dass ich das wirklich schaffe, ich dachte ja, ich würde länger Zeit haben, dann wäre auch mehrfaches Verlaufen auf dem Rückweg kein Problem. Mein Orientierungssinn ist einfach miserabel. In fremden Städten ist das eine Katastrophe. In Amsterdam war ich mehr als froh, dass Matt die gesamte Stadtführung übernommen hat. Doch hier bin ich heute auf mich allein gestellt.

„Ach mein Mädchen …“ Matt lacht leise. „Ich glaube, ich sollte dir einen GPS-Chip implantieren lassen, damit ich dich zur Not überall orten kann.“

„Hey … bisher habe ich noch immer heimgefunden!“ *Zumindest nach mehreren Versuchen*, setze ich innerlich hinzu.

„Weil ich aber dein Held und Beschützer bin und sich auch Neandertaler mit neuester Technik auskennen, habe ich dir heute Morgen ein Navigationssystem für Fußgänger auf dein Handy geladen. Die richtige Adresse findest du übrigens unter ‚Zuhause‘. Und dein Headset habe ich mit in die Handytasche gepackt. Dann ist es etwas diskreter. Es muss ja nicht jeder wissen, dass du ein Orientierungskrüppel bist.“ Er lacht immer noch und klingt sehr zufrieden mit sich selbst und ich muss auch lachen.

„Du bist wirklich mein Held“, hauche ich übertrieben hingerissen ins Telefon, aber der Effekt wird von meinem Lachen zunichtegemacht.

„Weiß ich doch“, gibt Matt zurück, „Ich muss jetzt noch mal los zur Teambesprechung, bis gleich Honey. Ich freue mich auf dich.“

„Ich freue mich auch!“ Ich lege auf und gehe zurück zum Tisch.

„Ich muss leider los, Chelsea!“ Ich suche meine Sachen schnell zusammen.

„War *er* das?“, haucht sie und die Andacht in ihrer Stimme lässt es fast so klingen, als würde es sich um ihren Freund handeln und nicht um meinen.

Statt einer Antwort zwinkere ich ihr nur zu und verlasse dann mehr oder weniger fluchtartig den Coffeeshop.

Draußen durchsuche ich mein Handy nach dem versprochenen Navigationssystem und dank den Wundern der modernen Technik bin ich keine halbe Stunde später wieder bei Matthews Haus und schließe die Tür auf.

Kapitel 6

„Wo fahren wir denn hin, Matt?“ Ich klinge wie ein quengelndes Kleinkind und Matt grinst nur.

„Lass dich doch einfach überraschen!“ Er ignoriert meine Nörgelei und fährt seelenruhig weiter.

Brummend lehne ich mich in meinem Sitz zurück, während er leise lacht. Er greift nach meiner Hand und zieht sie an seine Lippen, um einen Kuss darauf zu hauchen.

„Du bist niedlich, wenn du grummelig bist.“

„Tollpatschige, kleine Hunde sind niedlich, so will ich nicht sein!“, gebe ich, jetzt tatsächlich etwas grummelig, zurück.

„Ich mag tollpatschige, kleine Hunde. Du etwa nicht?“

„*Jeder* mag tollpatschige, kleine Hunde. Aber ich will trotzdem keiner sein.“

Matt wirft mir einen kurzen Blick von der Seite zu. „Du bist ein sexy tollpatschiger, kleiner Hund, wenn dich das beruhigt.

Ich lache leise. „Und du bist noch viel perverser als ich dachte, wenn du Hundewelpen sexy findest!“

„Und ich dachte immer, es gefällt dir, dass ich ein bisschen pervers bin …“ Er stupst mich mit dem Ellenbogen an.

„Allerdings nur, wenn du ein *bisschen* pervers bist!“

Er grinst breit. „Wenn wir nachher wieder zu Hause sind, können wir ja mal testen, *wie* pervers du es magst.“

Ich strecke ihm die Zunge raus und bin froh, dass er nicht sehen kann, dass mich diese Ankündigung erregt. Wie so ziemlich alles, was mit Sex und ihm zu tun hat, reicht auch hier der bloße Gedanke daran bereits aus, dass mein Schoß heiß wird und zu kribbeln beginnt. Und wie immer, wenn ich an Sex mit ihm denke, merke ich, dass ich plötzlich rot werde.

Mist!

Und natürlich fällt Matt das sofort auf.

„Wenn wir wieder zu Hause sind, Honey, versprochen!" Er lächelt höchst zufrieden und ich merke, wie noch mehr Blut in meinen Kopf schießt. Und nicht nur dahin. Matt lacht in sich hinein, ihm scheint das zu gefallen.

Einen Augenblick später fährt er auf den Parkplatz eines Möbelhauses.

„Was machen wir hier?", frage ich erstaunt, als wir anhalten.

„Mrs. Meyer hat mich heute angerufen und mit mir geschimpft, dass ihr euch beide fast zu Tode erschreckt habt. Ich habe wirklich total vergessen, dass sie heute kommt! Sie hat dann gleich die Gelegenheit genutzt, mir die Leviten zu lesen, dass du einen anständigen Platz zum Arbeiten brauchst, damit du nicht am Esstisch sitzen musst. Sie ist der Meinung, man sollte Essen und Arbeit streng voneinander getrennt halten. Deshalb sind wir hier. Eines der Zimmer im Haupthaus ist doch immer noch leer. Und ich dachte, du könntest es für dich nehmen. Du könntest dir einen

Schreibtisch reinstellen und ein Bett, wenn du mal deine Ruhe von mir haben willst. Und du brauchst einen Schrank und alles, was dir sonst noch so gefällt und was du brauchst.“ Er lächelt mich ein bisschen verlegen an. „Das Zimmer hat sogar ein eigenes Badezimmer. Du kannst dich also wirklich ganz und gar zurückziehen, wenn du das mal möchtest. Und schau mal auf den Rücksitz … ich habe sogar schon etwas für dich besorgt, damit du alles hast, was du brauchst.“ Matt deutet mit dem Daumen nach hinten auf den Rücksitz, auf dem zwei Tüten liegen. Ich strecke mich nach hinten, um sie mir zu angeln und schaue neugierig hinein. Die eine ist voller Kosmetikzeug. Zahnbürste, Gesichtscreme, Make-up, Bodylotion, eine Haarbürste … eine komplette Badezimmergrundausstattung eben. In der anderen sind zwei weiche Pyjamas mit Comicfiguren drauf, vier Paar dicke Socken und zwei Sets wunderschöne Dessous. Und ein kleiner Stoffhund. Ein bisschen erstaunt schaue ich zu Matt hoch, der amüsiert grinst. „Meine große Schwester hat so Comiczeug immer getragen, wenn es ihr nicht gut ging. Der Hund ist zum Kuscheln, wenn ich mal nicht da bin, damit du mir nicht auf dumme Gedanken kommst. Und die Wäsche … naja … wenn wir uns mal streiten sollten, versüßt sie hoffentlich die Versöhnung.“ Zufrieden zwinkert er mir zu.

Ich bin so gerührt, dass ich gar nicht weiß, was ich sagen soll.

„Ich will nicht, dass du so viel Geld für mich ausgibst“, ist alles, was mir einfällt und ich könnte mich in der nächsten Sekunde selbst dafür schlagen. Er ist so liebevoll und macht sich

Gedanken um mich und ich schaffe es nicht einmal, ein simples *Danke* über die Lippen zu bringen.

Zu meiner Erleichterung scheint Matt es mir nicht übel zu nehmen, denn er fängt laut an zu lachen.

„Ich wusste, dass du genau das sagen wirst. Ich hätte jede Wette darauf abgeschlossen!“ Er zieht mich zu sich heran und küsst mich, kurz, wild und entschlossen. „Sophie, ich gehe mal davon aus, dass du dir mittlerweile denken kannst, dass Geldmangel in meinem Leben keine große Rolle spielt. Ich verspreche dir, nie mehr für dich auszugeben, als ich es kann, ohne mein Konto überziehen zu müssen. Falls dich das beruhigt. Mir ist es wichtig, dass du dich bei mir wohlfühlst. Ich möchte, dass du eine Rückzugsmöglichkeit hast, ein Zimmer nur für dich, in dem du arbeiten kannst und in dem du deine Ruhe hast, wenn dir danach ist. Ich weiß, dass es dir nicht leicht gefallen ist, zu mir zu kommen. Aber jetzt wo du hier bist, wo ich dich endlich bei mir habe, da will ich alles dafür tun, dass es auch dabei bleibt. Und Geld für dich auszugeben ist wirklich das Geringste, was ich tun kann. Würdest du also bitte so nett sein und es zulassen, dass ich dir ein paar simple Möbel kaufe?“

Ich beuge mich zu ihm, um ihn zu küssen.

„Ich danke dir, Matt!“, murmele ich an seinen Lippen und küsse ihn noch einmal.

Er ist so gut zu mir, sorgt sich um mich, erkennt meine Bedürfnisse und ich kann immer nur ablehnend reagieren. Ich habe ein schlechtes Gewissen.

„Ich weiß gar nicht, wie ich es je wieder gutmachen soll, dass du so fürsorglich zu mir bist.“ Ich bin ein bisschen verlegen.

„Du könntest die ein oder andere meiner perversen Neigungen befriedigen, das würde mir als Wiedergutmachung voll und ganz genügen!“ Er küsst meine Nasenspitze, steigt lächelnd aus dem Wagen und kommt zu meiner Seite, um mir die Tür zu öffnen, bevor ich selbst dazu komme.

„Mylady!“ Grinsend hält er mir die Hand hin und hilft mir aus dem Wagen. Er legt seinen Arm um meine Taille und drückt mich kurz an sich, bevor wir den Laden betreten.

Das Möbelhaus ist klein und sieht sehr exklusiv aus. Ich schwanke zwischen Erleichterung und Entsetzen, als ich feststelle, dass die Ausstellungsstücke alle nicht mit Preisen ausgezeichnet sind. So kann ich mir zumindest ganz unbefangen aussuchen, was mir gefällt. Allerdings ist es nie ein gutes Zeichen, wenn irgendwo keine Preise dranstehen. Das bedeutet, dass die entsprechende Zielgruppe es nicht wirklich interessiert, was die Sachen kosten. Und das wiederum bedeutet, dass es vermutlich entsprechend teuer sein dürfte.

Der Laden ist trotzdem toll. Die Sachen sind sehr exklusiv und sehen dabei immer noch bodenständig aus, es ist eher rustikal als übertrieben edel, ich erkenne den Stil von Matts Haus wieder und es gefällt mir sehr gut.

Wir sind keine zwei Minuten im Geschäft, als auch gleich ein dienstbeflissener Verkäufer auf uns zukommt, der Matt namentlich begrüßt – er scheint auch hier bekannt zu sein. Der Verkäufer trägt einen schicken Anzug und lächelt professionell. Es ist mir ein bisschen unangenehm, ich schaue mich immer lieber erst selbst ein bisschen in Ruhe um, aber Matt bleibt ganz souverän und teilt ihm mit, dass wir einen Schreibtisch suchen.

„Für Sie oder für die Dame? Neu oder antik?“ Der Verkäufer fragt uns ab und lächelt freundlich.

„Für die Dame und wir schauen uns zuerst die Antiquitäten an!“, beschließt Matt für mich und ich bin ihm sehr dankbar dafür, denn irgendwie schüchtert mich dieser teure Laden ein bisschen ein.

Für die Dame!

Ich muss den Drang, einen höflichen Knicks zu machen ebenso unterdrücken wie ein dümmliches Grinsen.

„Hier gibt es immer tolle Sachen, vor allem bei den Antiquitäten. Oder möchtest Du lieber etwas Moderneres haben?“ Matt schiebt mich hinter dem Verkäufer her, der hilfsbereit voraneilt.

„Nein, ich mag es lieber etwas altmodisch, das gefällt mir besser als modern.“

Der Verkäufer zeigt uns einige antike Stücke, die mir jedoch alle zu protzig sind. Zu glänzend, zu verschnörkelt … sie sehen mir alle zu sehr nach dem aus, was ich mir in einem Herrenzimmer vorstellen würde, oder in Dr. Fausts Studierzimmer, am besten noch mit einem Totenschädel auf der Schreibtischplatte.

Als der Verkäufer uns einen Moment alleine lässt, weil er von einem Kollegen gerufen wird, entdeckt Matt einen kleinen Schreibtisch, den jemand lieblos in der hintersten Ecke zu verstecken versucht hat. Der Tisch ist weiß, mit leicht geschwungenen Beinen, zwei Schubladen und einer Tischplatte aus hellem Holz, in deren Mitte eine feste Platte aus Leder eingelassen ist. Überall sind kleine Macken und abgenutzte Stellen zu sehen. Ich bin sofort verliebt.

„Der ist wunderschön, Matt!“, quietsche ich entzückt und Matt grinst.

„Wusste ich es doch!“ Er streicht mit der Hand über die Tischplatte und öffnet probehalber die Schubladen, als der Verkäufer wiederkommt.

„Oh, dieses Stück ist hier vom Lieferanten versehentlich falsch abgestellt worden, es muss erst noch restauriert werden!“ Er versucht, unsere Aufmerksamkeit woandershin zu lenken.

„Möchtest du ihn restauriert haben, Sophie?“, fragt Matt an mich gewandt und ich schüttle den Kopf.

„Nein, ich finde ihn wunderschön so, wie er ist!“

„Wäre es ein Problem, wenn wir ihn lieber in diesem Zustand haben wollen würden?“ Matt wendet sich jetzt wieder an den Verkäufer.

„Selbstverständlich nicht, Mr. Johnson!“, beeilt sich dieser zu sagen. „Sollen wir ihn an die gewohnte Adresse liefern?“

„Bitte, aber wir brauchen noch mehr Möbel.“

Mir ist das Ganze immer noch überaus unangenehm. Den Schreibtisch habe ich ja irgendwie noch eingesehen, aber das Matt mir ein ganzes Zimmer einrichten will und das auch noch in einem so teuren Laden, das finde ich irgendwie übertrieben.

Er wischt meine Einwände mit einem ungeduldigen Geräusch zur Seite und nötigt mich, weiter mit ihm einzukaufen.

Statt eines Bettes entscheide ich mich für ein ausziehbares Sofa, weil ich es irgendwie komisch finde, wenn ich ein richtiges eigenes Bett in meinem Zimmer stehen habe. Ich will lieber immer bei ihm schlafen und er scheint sehr zufrieden darüber zu sein.

Matt überredet mich noch zu einem weißen Schrank und einem Regal, die zu dem neuen Schreibtisch passen und in einem unachtsamen Moment meinerseits beauftragt er die Innenarchitektin des Hauses auch noch damit, Vorhänge und Accessoires zusammenzustellen. Beim Verlassen des Ladens ist mir schwindelig.

Als wir wieder im Auto sitzen, fühle ich mich erschöpft von meinem Tag hier, von den vielen neuen Eindrücken und vom Shopping. Von der Seite betrachte ich Matt, der zufrieden lächelnd den Motor startet und nach meiner Hand greift, um sie auf seinen Oberschenkel zu legen. Während sich die Wärme seines Körpers durch den Stoff seiner Jeans auf meiner Handfläche ausbreitet, lehne ich mich in den bequemen Sitz zurück. Und gleichzeitig mit seiner Wärme spüre ich, wie sich das Gefühl von Zufriedenheit in mir ausbreitet. Nicht aufgrund der neuen Möbel, sondern aufgrund des Mannes neben mir, der sich Gedanken darüber gemacht hat, dass ich welche gebrauchen könnte.

+++

Auf der Heimfahrt beobachtet Matt Sophie immer wieder verstohlen. Sie sieht erschöpft aus. Aber auch zufrieden. Ihre Hand hat er auf sein Bein gelegt, als müsse er sich davon überzeugen, dass sie tatsächlich hier ist, dass er sie spüren kann, sie real ist und nicht bloß eine Fata Morgana, entsprungen aus den unergründlichen Tiefen seiner schönsten Fantasien.

Seine Sophie! Ein warmes Gefühl nistet sich in seinem Bauch ein bei dem Gedanken daran, dass sie seinetwegen hier ist. Einzig und allein seinetwegen. Dennoch ist ihm bewusst, dass die Zukunft nicht unbedingt einfach werden wird. Eine im Alltag funktionierende Beziehung aufzubauen ist ohnehin immer ein hartes Stück Arbeit. Und durch seinen Beruf und die Aufmerksamkeit, die er dadurch bekommt, auch von Frauen, ist Eifersucht im Prinzip vorprogrammiert. Und Sophies Lebensgeschichte wird den Umgang damit nicht unbedingt einfacher machen.

Auch dass eine so selbstständige Frau wie Sophie ihr gewohntes Leben erst einmal einfach so aufgegeben hat, nur um bei ihm sein zu können, wird mit Sicherheit noch zu dem ein oder anderen Problem führen. Er hofft, dass er ihr durch ihr eigenes

Zimmer wenigstens ein bisschen dabei helfen kann, das Gefühl von Eigenständigkeit zu bewahren.

+++

Kapitel 7

Am nächsten Tag bin ich zu sehr beschäftigt, um mich in Matts Haus fremd und einsam zu fühlen. Das Möbelhaus leistet ganze Arbeit und liefert alles bis zum Mittag und ich überwache das Hereintragen und Aufstellen der Möbel.

Nachdem alles steht, schaffe ich es so gerade noch, einen Joghurt zu essen und ein Glas Wasser zu trinken. Dann klingelt es schon wieder an der Tür und die Innenarchitektin ist da und bringt jede Menge Stoffe, Kisten, Muster und Deko mit.

Sie ist sehr nett, ungefähr in meinem Alter und wir lachen viel, während sie mir Stoffmuster zeigt und Dekokissen auf mein Schlafsofa wirft. Letztendlich lasse ich mich nur zu ein paar grauen Vorhängen und einigen limonengrünen und grauen Kissen sowie einer weißen kuscheligen Decke für mein neues Sofa und ein paar Kerzenhaltern überreden. Alles andere ist mir irgendwie zu durchgestylt.

Das Zimmer ist wunderschön geworden. Ich liebe meinen neuen Schreibtisch und alles wirkt hell und gemütlich, jedoch noch ein bisschen unpersönlich.

Ich brauche ein paar persönliche Accessoires, Bilder und kleine Erinnerungen, solche Dinge eben, damit ich mich wirklich hier wohlfühlen kann.

Als die Innenarchitektin endlich weg ist, rufe ich bei meinem Bruder an.

„Hallo Fremde!", meldet er sich, als er abnimmt und man könnte fast davon ausgehen, dass es ein Vorwurf ist, wenn da nicht der weiche, neckende Unterton in seiner Stimme wäre.

„Hallo kleiner Bruder!" Ich muss lächeln, weil es einfach gut tut mit ihm zu sprechen.

Er lacht. „Ich hoffe, es geht dir gut, so weit weg überm großen Teich?"

„Ja, sehr! Es ist noch alles etwas ungewohnt, aber es geht mir gut. Und dir? Geht es dir auch gut?" Ich habe immer noch ein schlechtes Gewissen, weil ich einfach aus Deutschland abgehauen bin. Wenn ich das jetzt allerdings laut ausspreche, weiß ich, dass Lukas ärgerlich wird.

„Mir geht es auch gut. Mach dir nicht immer so viele Sorgen um mich!"

„Lukas?"

„Hmm?"

Ich überlege kurz, bevor ich antworte. „Meinst du, du könntest mir die Fotos schicken, die auf meinem Schreibtisch stehen? Und die kleine Schneekugel?" Es kommt mir wie ein riesiger Schritt vor, mir diese Sachen von ihm schicken zu lassen. Für mich ist das fast gleichbedeutend mit einem richtigen Umzug. Ich hänge nicht sehr an meinen Sachen, aber die Fotos sind Familienfotos und die Schneekugel war ein Weihnachtsgeschenk unserer Mutter. Ich möchte diese Sachen gerne hier haben, um mich zu Hause fühlen zu können. Gleichzeitig bedeutet das jedoch auch, dass mein anderes Zuhause dann irgendwie nicht mehr so richtig mein Zuhause ist. Die Bilder und die Schneekugel haben einen großen Symbolcharakter für mich.

Lukas' Stimme am anderen Ende der Leitung klingt warm, erfreut und ein bisschen wehmütig.

„Ich mache gleich heute ein Paket fertig, Sophie. Ich freue mich sehr, dass es dir gut geht!"

Wir beenden das Gespräch ganz schnell wieder, ich glaube, wir haben beide Sorgen, sonst noch rührselig zu werden.

Obwohl das Telefonat mit Lukas nur so kurz gewesen ist, hat es mich irgendwie aufgewühlt. Ein Anflug von Heimweh überkommt mich. Ich brauche Ablenkung und zwar ganz dringend.

Nachdem ich das Telefon mit einem tiefen Seufzen auf die Seite gelegt habe, schaue ich auf die Uhr. Bis Matt nach Hause kommt, sind es noch zwei Stunden. Zu lang, um alleine hier zu sitzen und zu warten.

Auf meinem Weg zurück zu Matts Haus habe ich gestern einen kleinen, asiatischen Lebensmittelladen gesehen. Also werde ich jetzt einkaufen gehen und danach etwas kochen. Dann habe ich etwas zu tun und Matt wird sich hoffentlich freuen, wenn er nach Hause kommt und eine warme Mahlzeit bekommt.

Wie das Heimchen am Herd!

Ich schiebe meine sarkastischen Gedanken schnell wieder zur Seite. Schließlich ist es nicht verwerflich, wenn man sich ein bisschen nützlich macht und ab und an auch mal etwas Nettes für seinen Partner tut.

Vorsichtshalber stecke ich auch mein Handy inklusive Headset ein, sicher ist sicher.

Es stellt sich allerdings schnell heraus, dass meine Sorge völlig unbegründet war; ich finde den kleinen Lebensmittelladen schnell und ohne Umwege. Die Auswahl hier ist riesig und es sieht alles sehr frisch aus. Ich muss an unseren Restaurantbesuch in Amsterdam denken und ein Lächeln stiehlt sich auf mein Gesicht. Ich bin immer noch erleichtert, dass wir das Essen unbeschadet überstanden haben. Trotzdem fällt mir dabei der seltsame chinesische Schnaps ein, den Matt in Amsterdam bestellt hat und ich mache mich danach auf die Suche.

Vor dem Regal mit den Spirituosen bin ich einen Moment unaufmerksam und erwische mit dem Einkaufwagen eine andere Kundin am Bein.

„Oh, Verzeihung!“, sage ich erschrocken.

Ich hätte schwören können, dass sie ein paar Sekunden vorher noch nicht da gewesen ist. Allerdings ist die Wahrscheinlichkeit, dass sie sich mit Absicht vor meinen Wagen geworfen hat, ja auch eher gering.

„Nicht schlimm, es ist kaum etwas passiert“, erwidert sie und diese zuckrige Kleinmädchenstimme kommt mir irgendwie bekannt vor.

„Chelsea!“ Kurz wundere ich mich, was sie hier macht. Sie kommt mir eher nicht wie der Typ Frau vor, der gerne selbst kocht oder überhaupt kochen kann. Aber vielleicht habe ich ja nur Vorurteile.

„Oh, Sophie!“ Sie lächelt mich an und sieht hocherfreut aus. „Schön, Sie wiederzusehen! Ich freue mich!“ Sie schenkt mir ihr lieblichstes Lächeln.

Da ich diese Freude nicht wirklich teilen kann, sage ich lieber nichts und lächele nur zurück.

„Gehen Sie für Ihren Freund einkaufen?“ Sie klimpert mit ihren langen Wimpern und wirft einen neugierigen Blick in meinen Einkaufwagen.

„Ja, ich wollte heute Abend etwas kochen.“

„Ach wie schön!“ Ihre Augen bekommen einen träumerischen Ausdruck. „Für meinen Exfreund habe ich auch immer gekocht. Er liebt asiatisches Essen!“ Sie atmet tief ein und ich bin mir sicher, dass ich in ihren Augen ein paar Tränen glitzern sehe. Da ich befürchte, dass sie mit ihrer eigenen Lebensgeschichte ähnlich indiskret umgeht, wie sie es mit der von anderen tut, nicke ich nur mitleidig und lege mir ein paar Abschiedsworte zurecht, um dann die Flucht zu ergreifen. Auf gar keinen Fall habe ich Lust und Nerven dazu, mir jetzt ihre Beziehungsdramen anzuhören.

Doch Chelsea ist erbarmungslos mit mir. Noch bevor ich auch nur den Mund aufmachen kann, um mich freundlich von ihr zu verabschieden, hat sie auch schon losgelegt.

Nie habe ich es mehr bereut, dass es mir zuwider ist, hilflose Menschen absichtlich vor den Kopf zu stoßen, als in Momenten wie diesen.

Chelseas Stimme ist weinerlich und viel zu hoch und sie spricht viel zu schnell. Wenn man Minnie Mouse zu viele Aufputschmittel geben würde, wäre ihre Art zu sprechen immer noch ruhig und angenehm im Vergleich zu Chelsea.

Ob es wohl Menschen gibt, die ihr länger als zehn Minuten zuhören können, ohne Kopfschmerzen zu bekommen?

Ich zumindest bezweifle das ernsthaft.

Ihre Zähne sind bewundernswert weiß. Wie kommt man nur an solche Zähne? Nicht, dass meine jetzt gelb und braun wären, aber sie sehen eben aus ... ja ... wie *Zähne!* Nicht wie Schnee. Irgendwie wirkt das fast künstlich. Trotzdem streiche ich mit der Zunge unwillkürlich über mein eigenes Gebiss.

Doch Chelseas nervige Stimme lenkt mich schnell wieder ab.

„Es war so schön zwischen meinem Schatz und mir! Und dann hat er darauf bestanden, ohne mich in den Urlaub zu fahren." Ihre Unterlippe zittert ein bisschen, als sie das sagt und ihre großen Augen reißt sie unnatürlich weit auf. „Das kam mir schon komisch vor, ich meine, wer will schon allein in den Urlaub fahren, wenn man sich wirklich liebt? Nur wollte ich meinem Schatz auch seine Freiheiten lassen. Wenn man die Männer zu sehr einengt … das nehmen sie einem schließlich auch übel. Nachdem mein Schatz wieder zurück war, hat er sich ein paar Tage nicht gemeldet und dann war wieder alles wie zuvor …"

Ich versuche, ihre schreckliche Stimme einfach auszublenden und brumme nur ab und an ein „Hmm" von dem ich hoffe, dass es mitfühlend klingt. Nachdem sie zum vermutlich hundertsten Mal „Schatz“ gesagt hat, fällt mir auf, dass ich es nicht leiden kann, wenn ein Kosename den tatsächlichen Namen eines Menschen völlig ersetzt.

Ich stelle mir vor, wie die hochschwangere Mutter von „Schatz“ Abend für Abend mit dem Vater von „Schatz“ dasaß und sich Gedanken darüber gemacht hat, wie sie ihren Nachwuchs wohl nennen könnten. Sie haben Bedeutungen von Namen nachgelesen, sich Gedanken über Familientraditionen gemacht, Abkürzungen und Zweitnamen getestet. Die werdenden Eltern haben also jede Menge Zeit, Mühe und Liebe investiert, um einen passenden Namen für ihren Sprössling zu finden. Und dann kommt eine Frau wie Chelsea, macht all die Mühe der Eltern einfach zunichte und nennt ihn permanent „Schatz“. Wenn sie wenigstens noch kreativ gewesen wäre … Wahrscheinlich nennt sie einfach alle ihre Männer so! Zumindest kommt sie dann nie in die Verlegenheit, im Bett mal aus Versehen den falschen Namen zu stöhnen. Das zumindest kann ja sehr praktisch sein. Krampfhaft versuche ich, ein bösartiges Grinsen zu unterdrücken.

Ich kann „Schatz“ von Sekunde zu Sekunde besser verstehen. Auch wenn Chelsea äußerlich wirklich eine wahnsinnig attraktive Frau sein mag, komme ich immer mehr zu der Erkenntnis, dass man „Schatz“ eigentlich einen Orden dafür verleihen müsste, dass er es überhaupt länger als einen Tag mit ihr ausgehalten hat. Ich kann nur für ihn hoffen, dass sie beim Sex wenigstens die Klappe gehalten hat.

Mit tränenerstickter Stimme erzählt sie mir jetzt, dass er sie vor ein paar Tagen dann doch verlassen hat. Er hat ihr eine kurze SMS geschickt und das war es dann.

Sie sieht aus, als hätte sie das wirklich schwer mitgenommen. Einen Moment lang komme ich mir wie ein Arschloch vor, weil ich mir so gehässige Gedanken über sie gemacht habe.

Der Moment dauert so lange an, bis sie wieder anfängt, zu sprechen.

Diese Stimme, dieses aufdringliche Wimperngeklimpere und dieses unglaubliche Maß an Dummheit … Ich kann einfach nicht anders, als innerlich die Augen zu verdrehen.

Kapitel 8

Irgendwann ist es mir endlich gelungen, Chelsea zu entkommen. Aber ein Gutes hatte es zumindest: Ich bin auf andere Gedanken gekommen.

Schnell packe ich jetzt die Einkäufe aus und fange an zu kochen. Diese penetrante Pute hat mich so lange aufgehalten, dass ich mich jetzt ein bisschen sputen muss, wenn ich das Essen fertig haben möchte, bis Matt nach Hause kommt.

Routiniert schneide ich Fleisch und Gemüse, hacke Knoblauch und Ingwer, wickele kleine Wantans, um sie dann in heißem Fett zu frittieren und brate klein geschnittene Hähnchenbrustfilets mit Erdnüssen.

+++

Matt schließt die Haustür auf und der Duft von Essen kommt ihm entgegen.

In der Küche steht Sophie und kocht. Sie ist so in ihre Arbeit versunken, dass sie ihn zunächst gar nicht bemerkt. Sie rührt gedankenverloren in einer Pfanne, während sie leise vor sich hinsummt.

In den Türrahmen gelehnt bleibt er einen Moment lang stehen, um ihr unbemerkt beim Kochen zusehen zu können.

Sie sieht schön aus, in sich ruhend und zufrieden. Und auch, wenn das auf einen gut verdrängten Ödipuskomplex schließen lassen mag, mit dieser Schürze ist sie irgendwie sexy. Ob sie diese Schürze wohl auch mal ohne etwas drunter für ihn tragen würde?

Zum ersten Mal, seit er hier wohnt, kann Matt verstehen, dass es Menschen gibt, die es nach der Arbeit eilig haben, nach Hause zu kommen.

In diesem Moment steckt sich Sophie einen Löffel voll Soße in den Mund und leckt ihn langsam ab.

Oh ja, er kann es wirklich verdammt gut verstehen!

+++

Irgendwann räuspert sich jemand hinter mir und ich drehe mich um.

Matt steht da, mein strahlend schöner Wikinger! Er hat sich lässig in den Türrahmen gelehnt und grinst.

„Kochst du für deinen heimkehrenden Helden, Weib?“ Schelmisch lächelnd kommt er zu mir und drückt mir einen Kuss in den Nacken.

„Na klar, seine Helden muss man schließlich bei Laune halten.“ Ich stecke ihm einen fertigen Wantan in den Mund und er kaut genüsslich. Als er nach einem zweiten greifen will, haue ich ihm spielerisch mit dem Kochlöffel auf die Finger.

„Nichts da, den Rest gibt’s gleich. Du könntest schon mal den Tisch decken, dann geht es schneller. Oder besteht Gefahr, dass du mit deinen Superheldenkräften das Geschirr zerstörst, wenn du es aus dem Schrank nimmst?“

Matt grinst. „Das bekomme ich, glaube ich, so gerade eben noch hin.“

„Sehr schön! Und vorher könntest du mir bitte das Glas mit Bambussprossen aufmachen, ohne Superheldenkräfte ist das leider nicht zu schaffen.“

Matt schnappt sich das Glas, um es mit einer mühelosen Drehung für mich zu öffnen.

„Na bitte, ich wusste doch, dass die vielen Muskeln auch irgendeinen praktischen Nutzen haben müssen!“

Matts Mundwinkel schnellen in die Höhe. „Wenn ich noch ein paar Bäume mit bloßen Händen für dich ausreißen soll, dann sag einfach Bescheid.“ Er grunzt ein paar Mal, bevor er sich wie ein betrunkener Cowboy in Richtung des Geschirrschranks bewegt, um dann völlig unfallfrei den Tisch zu decken.

Fünf Minuten später sitzen wir zusammen und essen. Wie immer finde ich Matts Appetit wirklich bewundernswert. Es macht wirklich deutlich mehr Spaß, etwas zu kochen, wenn jemand wie er beim Essen richtig zuschlägt und nicht nur lieblos darin herumstochert. „Morgen bin ich übrigens eingeladen. Mein Teambesitzer wird sechzig und macht eine große, offizielle Party. Mit Anzug, Abendkleid und allem Zipp und Zapp. Ich würde dich gerne mitnehmen, wollte dich allerdings vorher fragen, ob dir das recht ist. Bei solchen Anlässen ist auch immer die Presse dabei. Auch wenn du mir jetzt vermutlich mein riesiges Ego wieder vorwerfen wirst: Wenn die Presse da ist und ich in offizieller weiblicher Begleitung auftauchen werde, bedeutet das, dass du dich am nächsten Tag in allen einschlägigen Zeitungen wiederfinden wirst.“ Bei ihm klingt das völlig selbstverständlich und mit einem nonchalanten Schulterzucken isst er eine weitere Gabel voll Erdnusshuhn.

„Ist das wirklich so eine Attraktion?“ Irgendwie kann ich mir das gar nicht wirklich vorstellen.

„Hmm, ja. Ich bin noch nie in offizieller weiblicher Begleitung aufgekreuzt. Und du vergisst: Ich bin nicht nur dein persönlicher Superheld, sondern auch ein allgemeiner Superstar.“ Er grinst breit und zufrieden und ich muss lachen. „Würdest du mich trotzdem begleiten, Sophie? Ich würde mich wirklich sehr freuen. Ich fände es schön, wenn ich überall mit dir angeben könnte!“

Ich werde rot und dann sage ich, was die meisten Frauen sagen würden, wenn sie daran denken, dass sie am nächsten Tag in jeder Zeitung erscheinen werden. „Ich habe gar nichts anzuziehen!“

Matt schmunzelt. „Das Problem sollte sich ja aus der Welt schaffen lassen. Aber war das ansonsten ein Ja?“

Ich nicke und er lächelt, kommt zu mir herüber und gibt mir einen Kuss.

„Sehr schön!“ Er scheint sich aufrichtig zu freuen. „Wollen wir nach dem Essen losgehen und ein Kleid für dich besorgen?“

„Ich möchte dir erst noch mein Zimmer zeigen!“ Mir fällt ein, dass er es noch gar nicht gesehen hat.

„Oh stimmt, die Möbel sind ja heute gekommen! Gefällt es dir?“

„Sehr. Iss in Ruhe auf und schau es dann mit mir an!“

Dazu, ein Kleid zu kaufen, kommen wir an diesem Abend nicht mehr. Denn es gibt einen Schreibtisch, eine Kommode und eine Schlafcouch, die dringend eingeweiht werden müssen ...

Kapitel 9

Alleine ein Kleid für eine solche Veranstaltung kaufen zu gehen, ist ein merkwürdiges Gefühl.

Zu Hause bin ich natürlich ständig alleine Kleidung kaufen gegangen, aber da wusste ich auch, wo ich hingehen musste und vor allem, was ich wollte. Ich kann gar nicht so richtig einschätzen, was genau für Veranstaltungen dieser Art vorgesehen ist.

Im Internet suche ich mir ein paar Läden heraus, die Abendgarderobe anbieten. Anschließend rufe ich mir ein Taxi und nenne dem Fahrer die Adresse des ersten Ladens auf meiner Liste.

Dort angekommen stelle ich fest, dass ich eine gute Wahl getroffen habe. Die Auswahl ist riesig, das Meiste scheint sehr geschmackvoll zu sein. Die Verkäuferin ist wahnsinnig freundlich, vielleicht Anfang fünfzig und hat ein paar Kilo zu viel auf den Rippen.

Da ich überhaupt keine Ahnung habe, ob mein deutscher Kleidergeschmack den amerikanischen Standards entspricht, schildere ich der Verkäuferin einfach kurzerhand, wofür ich das Kleid brauche. Als der Name Matthew Johnson fällt, bekommt sie ganz große Augen.

„Ach, Sie brechen mir gerade das Herz!“ Ihr Lächeln zeigt, dass sie nicht so ganz ernst meint, was sie sagt. „Ich habe immer davon geträumt, dass ich Matt Johnson eines Tages für mich an Land ziehen kann!“ Sie zwinkert mir gut gelaunt zu und ich muss lachen.

„Kommen Sie, wir finden schon etwas Passendes für Sie. Zum Glück habe ich eine Schwäche für Klatschzeitschriften. In denen wird immer haarklein berichtet, wer genau bei solchen Anlässen was genau anhatte!“

Sie führt mich in Richtung Umkleidekabine und kommt dann mit einer Auswahl an Kleidern wieder. Gleich das zweite passt und ist wunderschön.

Es besteht aus Chiffon in einem ganz dunklen Pink, das erstaunlicherweise trotzdem gut zu meinem rötlichen Haar und meinem hellen Teint passt und es sitzt wie angegossen.

Das Kleid ist ärmellos, hat einen tiefen V-Ausschnitt und fällt in A-Linie. Der Rücken ist besonders raffiniert geschnitten: der Rückenausschnitt ist tief, aber nicht zu tief, um einen BH tragen zu können. Unterhalb der Stelle, wo sich der BH befindet, ist das Kleid fast bis zum Po hinunter geschlitzt. Durch den schön fallenden Chiffonstoff braucht es keine weiteren Verzierungen, um zu wirken.

Die Verkäuferin strahlt, als sie mich darin sieht.

„Ist es nicht ein wenig zu gewagt?“ Noch etwas skeptisch betrachte ich den Teil meiner Brüste, den man nun deutlich sehen kann, und den tiefen Schlitz des Kleides in meinem Rücken.

Kopfschüttelnd lächelt sie. „Nein, glauben Sie mir, Sie sehen toll aus! Und ein klein bisschen sexy darf es jawohl sein! Sie wollen doch heute Abend nicht wie ein Mauerblümchen wirken!" Das will ich natürlich wirklich nicht.

Geschäftstüchtig bringt sie mir gleich noch ein Paar Schuhe im selben Farbton. Sie haben unglaublich hohe Absätze und ich bin mir nicht ganz sicher, ob ich überhaupt damit werde laufen können. Weil sie jedoch so toll zum Kleid passen und weil mir die kleine Blume darauf so gut gefällt, nehme ich sie trotzdem.

Als ich den Laden wieder verlasse, habe ich ein kleines Vermögen ausgegeben. So viel Geld habe ich schätzungsweise im ganzen letzten Jahr nicht für Kleidung verprasst. Trotzdem fühle ich mich beschwingt und großartig.

Am Abend bin ich ziemlich aufgeregt. Es wird das erste Mal sein, dass Matt und ich ganz offiziell als Paar irgendwo hingehen. Das erste Mal, dass ich jemanden von seinen Freunden und Bekannten kennenlernen werde.

Das klingt sogar für mich selbst irgendwie komisch. Denn unsere Beziehung ist auf der einen Seite schon so ernst, dass ich bei ihm wohne und ein eigenes, speziell für mich eingerichtetes Arbeitszimmer bei ihm habe. Ich kenne Paare, die Jahre brauchen, bis sie zusammenziehen oder auch nur eine Zahnbürste bei ihrem Partner deponieren.

Auf der anderen Seite habe ich noch keinen seiner Freunde oder gar seine Familie kennengelernt, ich habe ihn noch nie bei einem Spiel gesehen. Solche Dinge geschehen normalerweise, lange bevor man zusammenwohnt.

Nur sind bei uns die Umstände eben nicht so wie in normalen Beziehungen. Und zu meinem großen Erstaunen fühlt es sich so wie es ist besser an, als ich je gedacht hätte.

Trotzdem nehme ich mir vor, ein paar der ‚normalen' Beziehungspunkte dringend in Angriff zu nehmen. Zum Beispiel würde ich Matthew unheimlich gerne mal spielen sehen. Immerhin nimmt der Sport ja einen großen Teil seines Lebens ein.

Heute werde ich dazu natürlich nicht mehr kommen, heute steht der Punkt, seine Teamkameraden kennenzulernen, auf meinem Programm.

Und ein Date mit der Presse!

Bei dem Gedanken wird mir wieder ziemlich mulmig. Ich bin total unfotogen. Auf den meisten Fotos sehe ich so hässlich aus, dass ich es in der Regel einfach vermeide, mich fotografieren zu lassen. Matt hat das allerdings immer ignoriert. Er hat einfach so viele Bilder von mir gemacht, dass es kein Problem war, welche zu finden, auf denen ich gerade nicht den Mund offen habe oder grenzdebil grinse. Und wenn ich mir jetzt vorstelle, dass heute Abend jemand Bilder von mir schießt, die später veröffentlicht werden … Matthew sitzt noch ganz entspannt vor dem Fernseher, aber ich fange lieber schon einmal an, mich für den Abend entsprechend zu stylen.

Nachdem ich geduscht und geschminkt bin, kann ich dem Drang nicht widerstehen, vor dem Spiegel auszuprobieren, wie ich am besten lächeln muss, damit es nicht zu albern aussieht.

Als mir klar wird, wie unglaublich albern *das* ist, lasse ich es schnell wieder bleiben und schäme mich für das Ausmaß an Eitelkeit, das von mir Besitz ergriffen zu haben scheint, so sehr, dass ich knallrot werde. Ich strecke meinem von mir selbst entwürdigten Spiegelbild ärgerlich die Zunge heraus und schlüpfe schnell in Unterwäsche, Kleid und Schuhe.

Ein paar Minuten später verlasse ich das Bad und sehe Matt im Schlafzimmer auf einem Sessel sitzen und ein Buch lesen, während er, schon fix und fertig angezogen, auf mich wartet. Er muss sich eines der diversen anderen Bäder gesucht haben, um sich fertigzumachen, damit ich meine Ruhe habe. Wie praktisch, wenn man so ein großes Haus hat.

In seinem dunklen Anzug mit dem weißen Hemd sieht er zum Niederknien gut aus. Mein Herz gerät ein wenig ins Stolpern, als es einmal mehr registriert, dass dieser unglaubliche Mann zu mir gehört.

Er hebt den Kopf, als er mich hört und seine Augen werden bei meinem Anblick groß. Nachdem er aufgestanden ist, zieht er mich an sich und gibt mir einen vorsichtigen Kuss auf die Wange.

„Ich will deinen Lippenstift nicht zerstören“, flüstert er an meinem Ohr. „Obwohl es auch egal ist, weil ich dich in diesem Kleid auf gar keinen Fall mitnehmen kann. Aber weil ich befürchte, dass du kein anderes hast, suche ich lieber noch schnell meinen alten Baseballschläger, bevor wir losgehen. Damit ich die ganzen Kerle, die dich belästigen werden, wirkungsvoll vertreiben kann.“ Er küsst mich noch einmal. „Du siehst atemberaubend aus. Ich bin mir sicher, du wirst heute Abend mit Abstand die schönste Frau überhaupt sein. Und ich kann es schon jetzt kaum abwarten, wieder mit dir nach Hause zu kommen und dir das Kleid ausziehen zu dürfen.“ Er lächelt auf diese unvergleichliche Matthew-Art und ich schiebe meine Hand in seine, bevor wir gehen.

Kapitel 10

Ohne Matt der vorsätzlichen Lüge bezichtigen zu wollen: Ich bin definitiv *nicht* die schönste Frau an diesem Abend. Früher habe ich mal gesagt, ich sei mit meiner Figur und meinem Aussehen immer so lange zufrieden, bis ich einen Musikkanal anschalte. Heute Abend fühle ich mich, als wäre ich in einem gelandet.

Als wir auf der Party ankommen und ich mich kurz umsehe, fällt mir sofort auf, dass fast alle der anwesenden Frauen aussehen, als könnten sie locker auch in die Kategorie ‚Playmate des Monats' fallen oder in einem Cheerleaderfilm mitgespielt haben. Umgehend fühle ich mich flachbrüstig, schmallippig und zu dick. Meine Zähne, die nicht unnatürlich tipp-ex-weiß sind, kommen mir wieder in den Sinn. Außerdem kommt mir der Gedanke, dass ich viel zu wenig Make-up aufgetragen habe. Völlig fasziniert betrachte ich Unmengen von Silikonbrüsten, die aus zu weiten Ausschnitten zu purzeln drohen. Die ein oder andere der anwesenden Damen scheint ihre Schmuckschatulle mit ihrem Kleiderschrank verwechselt zu haben und trägt mehr Edelmetalle als Stoff am Leib.

Ich fühle mich im Vergleich zu diesen Frauen … wie eine graumäusige, ungeschminkte Biolatschenträgerin mit Silikonallergie. Ich bin mir dabei nicht einmal ganz sicher, ob ich das nun gut oder schlecht finden soll.

Interessant wäre es allerdings zu wissen, ob die Männer sich die Hälse verdrehen, weil sie es kaum fassen können, dass so viel Plastik in einen Körper und soviel Make-up in ein Gesicht passen können oder aber weil sie es wirklich sexy finden. Was auch immer der Grund sein mag, ich jedenfalls fühle mich, als wäre ich im falschen Film. Eine der Schönheiten schwankt gerade auf uns zu und gackert dabei, als wäre sie auf einem Schönheitswettbewerb für Hühner. Unwillkürlich fasse ich Matts Hand etwas fester. Das hier ist definitiv nicht meine Veranstaltung.

„Alles okay mit dir?“, flüstert Matt in mein Ohr, mein Unwohlsein erahnend.

„Alles gut“, murmele ich zurück und lächele tapfer, weil ich mich an die Fotos erinnere. Und tatsächlich dauert es keine zwei Minuten, bis die Presseleute uns belagern und indiskrete Fragen stellen. Ich sage einfach nichts und lächele nur gleichbleibend, so sehr, dass ich mir sicher bin, dass mir später das Gesicht wehtun wird.

Matt legt seinen Arm fest um meine Taille.

„Die Presseleute sind nur die erste halbe Stunde hier, dann müssen sie gehen. Gleich geschafft! Nur noch ein bisschen tapfer sein!“ Beruhigend flüstert er in mein Ohr. Ich nicke einfach nur und bemühe mich, bloß nicht mit dem Lächeln aufzuhören.

Routiniert beantwortet Matt alle Fragen der Presse und ich bin, wieder einmal, erstaunt darüber, wie normal und mühelos das bei ihm erscheint. Mit stolzgeschwellter Brust höre ich, dass er mich überall ganz offiziell als seine Lebensgefährtin vorstellt. Und als einmal einer der Pressefuzzis das Wort an mich richtet und ich stotternd zu antworten beginne, springt Matthew sofort für mich ein und übernimmt. Ich lächele und lächele und lächele und warte angstvoll auf den Augenblick, in dem ich einen Krampf im Gesicht bekomme vor lauter Lächelei.

Nach einer halben Stunde ist der Spuk vorbei und ich atme erleichtert durch.

Für mich ist es beim besten Willen nicht nachvollziehbar, dass es Menschen gibt, die sich gerne in der Öffentlichkeit bewegen und keine Möglichkeit auslassen, fotografiert zu werden oder sonst irgendwie im Rampenlicht zu stehen.

„Und, war es sehr schlimm?“ Matt gibt mir einen Kuss und streicht mir sanft über den Rücken.

„Angenehm ist zumindest anders …“

„Wenn wir später zu Hause sind, dann mache ich es wieder gut“, schnurrt er in mein Ohr und mein Herzschlag beschleunigt sich umgehend. Kurz spiele ich mit dem Gedanken, ihn hier und jetzt auf die Toilette zu zerren, um sein Versprechen sofort einzulösen. Leider komme ich nicht dazu. Und um ehrlich zu sein, wird der Abend auch nicht viel angenehmer. Denn nun ist zwar die Presse weg, dafür bin ich jetzt den mich neugierig musternden Blicken von Matthews Teamkameraden und deren Begleitungen ausgesetzt. Matt führt mich herum, stellt mich vor und ich schüttle zig verschiedene Hände und bekomme so viele neue Namen genannt, dass ich mir unmöglich alle merken kann.

Nach einer weiteren halben Stunde fühle ich mich völlig erledigt, aber ich denke, jetzt weiß wirklich jeder hier, dass ich

Matts neue Freundin bin. Anscheinend war ihm das wichtig, was mir im Prinzip gut gefallen sollte. Allerdings überfordern mich so viele fremde Menschen einfach. Und vielleicht bin ich ein bisschen paranoid, doch ich bin mir ziemlich sicher, dass ich mehr als einmal ein deutliches „Was will er denn bitte mit der?“ in den Gesichtern, vor allem denen der Frauen, habe lesen können. Ich bin weder sonderlich hübsch noch hässlich. Aber zwischen all diesen Zuchthühnchen muss ich wirken wie ein hässliches Entlein.

Chelsea könnte hier allerdings perfekt mitgackern!

Mit ihr würde Matt wohl von niemandem schief angesehen werden. Und da sie ständig lächelt, hätte sie, ganz im Gegensatz zu mir, morgen bestimmt auch keine Schmerzen davon im Gesicht.

Matt scheint das alles nichts auszumachen. Er steht immer noch neben mir, den Arm fest um mich gelegt und lächelt voller Stolz und Selbstbewusstsein. Seine unumstößliche Selbstsicherheit sorgt auch dafür, dass ich mich ein bisschen besser fühle. Allerdings wirklich nur ein bisschen.

„War es das jetzt, oder willst du mich auch noch schnell dem Hausmeister vorstellen?“ Ich seufze schwer und lächele dabei, um meinen Worten ein bisschen die Schärfe zu nehmen. Für einen Moment lässt sein liebevoller Blick mich alle negativen Gefühle, die mich gerade beherrschen, vergessen. Ich versinke in seinem Lächeln, vergesse alles andere und starre ihn nur an. Unglaublich, dass dieser Mann mir gehört!

„Dem Hausmeister nicht. Aber da drüben stehen der Coach und unser Wide Receiver. Und danach hast du es geschafft!“ Er führt meine Hand zu seinem Mund und küsst meine Fingerspitzen. „Noch einmal kurz tapfer sein und dann hole ich uns etwas zu trinken. In Ordnung?“ Das ist ein Versprechen, das dafür sorgt, dass ich mich ohne jeglichen Widerstand von ihm mitziehen lasse.

Die beiden Männer scheinen in ein Gespräch vertieft, doch als sie uns auf sie zukommen sehen, schauen sie in unsere Richtung und lächeln. Irgendwie scheint jeder Mensch heute Abend nichts anderes zu tun, als ebendies: Sie alle lächeln, als würde ihr Leben davon abhängen.

„Sophie, darf ich dir vorstellen: Das ist der Coach, Bill Cranfield und das ist Grayson White, unser Wide Receiver. Coach, Gray, das ist meine Freundin Sophie Adam.“

Der Coach ist vielleicht Anfang vierzig und ein gut aussehender Mann, ohne dass einem seine Attraktivität direkt ins Auge springt. Seine kurz geschnittenen Haare fangen an den Schläfen schon an grau zu werden und er sieht mich aus braunen Augen freundlich an.

„Freut mich sehr, Sophie! Wir sind alle froh, dass Matt endlich jemanden gefunden hat! Sehr schade, dass meine Frau heute Abend nicht hier sein kann, Sie würden ihr bestimmt gut gefallen. Wenn Sie zum Spiel am Samstag kommen, können Sie sich ja kennenlernen. Sie kommen doch, oder?“

Ich bin mir da nicht ganz sicher und schaue Hilfe suchend zu Matt.

„Klar kommt sie!“ Er legt mir seine Hand auf die Schulter, zieht mich zu sich heran und ich nicke lächelnd. Der Coach lächelt ebenfalls, sein Lächeln ist warm und freundlich, aber ich merke, dass er kein Mann großer Worte ist und sein Redebedarf bereits wieder erschöpft ist.

Gerade will ich erleichtert durchatmen, weil ich denke, ich habe die Vorstellungsrunde für heute endgültig überstanden, als Grayson White mir seine Hand entgegen streckt und mich fröhlich anstrahlt. Der Typ sieht ziemlich gut aus, groß, athletisch, dunkelhaarig und mit ungewöhnlich schönen, bernsteinfarbenen Augen. Diese werden von so langen und dichten Wimpern umrahmt, dass sie bei einem Mann eigentlich die reinste Verschwendung sind. Ein kurzer Blick auf ihn genügt mir, um zu wissen, dass er ein charmanter Frauentyp ist, ein Aufreißer und ein Weiberheld der schlimmsten Güte.

Davon muss es hier wohl irgendwo ein ganzes Nest geben!

„Hallo Sophie.“ Seine Stimme ist angenehm tief und melodisch, er reicht mir seine Hand und als ich sie ergreife, drückt er meine leicht. Dann mustert er mich unverhohlen von Kopf bis Fuß. „Ich wusste schon immer, dass Matthew einen guten Geschmack hat! Manieren scheint er trotzdem keine zu haben, du hast noch nichts zu trinken bekommen, wie ich sehe!“ Einen vorwurfsvollen Blick in Matts Richtung werfend verschwindet er und sucht einen der Kellner, die mit Tabletts voll Champagner herumgehen.

Matt schüttelt lächelnd den Kopf. „Nimm dich in Acht vor ihm, Sophie. Gray vernascht alles, was nicht bei drei auf dem Baum ist!“

„Wie gut, dass ich dich habe, damit du auf mich aufpasst. Und außerdem hast du mich ja schon auf Bäume klettern sehen und weißt, dass ich es bis drei locker schaffe.“ Ihm zuzwinkernd stelle ich mich auf meine Zehenspitzen und hauche ihm einen Kuss auf den Mundwinkel. Seine Hände umfassen meine Taille und er gibt ein tiefes Brummen von sich, das einem Versprechen für später gleichkommt, während er mich kurz an sich drückt und meine Halsbeuge küsst. Viel zu schnell lässt er mich wieder los und ich bleibe ein wenig atemlos und verloren neben ihm stehen, während Matt mit seinen Gedanken schon ganz woanders zu sein scheint. Er schaut nachdenklich Grayson hinterher. „Die letzten Male ist er immer mit seiner Schwester hier erschienen, über die er eifersüchtig wacht. Einer der Jungs hat sie angegraben, was in einer handfesten Prügelei endete, bei der Grays Schwester ihm zuletzt das Eiswasser aus einem Champagnerkühler über den Kopf gekippt hat. Als wäre er ein sich paarender Köter.“ Matt grinst breit bei der Erinnerung.

„Und? Hat es geholfen?“

„Ja, hat es. Er stand da wie ein begossener Pudel und sie hat ihn abgeführt wie ein unartiges kleines Kind. Lautstark schimpfend, weil er sich nicht anständig benommen hat. Sie hat ihn tatsächlich am Ohr nach draußen gezogen. Dabei ist sie seine *kleine* Schwester. Das war wirklich beeindruckend.“ Grayson betrachtend, der eine wirklich eindrucksvolle Größe in

Kombination mit einer beträchtlichen Portion Muskeln hat, muss ich über diese Vorstellung wirklich lachen. Sehr schade, dass seine Schwester heute nicht da ist, ich hätte sie gerne kennengelernt.

Mein Blick schweift über die Menge von Leuten, die alle schön oder reich oder beides zu sein scheinen. Immer noch komme ich mir so vor, als wäre ich auf der für mich falschen Veranstaltung gelandet. Hinten im Saal steht der Teambesitzer und winkt Matt zu, worauf dieser mit einem kleinen Nicken antwortet. „Kann ich dich kurz alleine lassen? Der Teambesitzer wollte noch etwas wegen einer Werbekampagne mit mir besprechen. Dort drüben kommt Gray schon mit deinem Champagner wieder. Ich bin mir sicher, er wird dich gut unterhalten.“ Matt zwinkert mir zu und ich nicke zustimmend.

„Okay, dann bis gleich!“ Er haucht mir noch einen Kuss auf die Stirn und ist verschwunden.

Beinahe im selben Augenblick kommt Grayson mit zwei vollen Champagnerflöten wieder.

„Matt lässt dich einfach alleine hier stehen?“ Er reicht mir ein volles Glas und ich lächele dankbar.

„Er musste noch schnell etwas besprechen“, antworte ich ihm, während ich Matt hinterherschaue. Im Anzug sieht sein Hintern besonders appetitlich aus, stelle ich für mich fest, während ich so lange darauf starre, bis Grayson sich räuspert.

„Er mag ja vielleicht einen sehr netten Hintern haben“, in seiner Stimme schwingt ein leises Lachen mit, als er meinem Blick folgt und sofort herausfindet, worauf ich so gebannt starre, „das ist allerdings noch lange keine Entschuldigung für den Leichtsinn, eine Frau wie dich hier einfach stehen zu lassen!“

Die Röte steigt mir in die Wangen, weil er mich beim Starren ertappt hat und ich schaue Grayson etwas verwirrt an.

„Hmm?“, mache ich, weil ich gerade nicht weiß, was ich sonst sagen soll. Grayson lacht und seine Augen funkeln dabei gut gelaunt und ein bisschen schelmisch.

„Er lässt dich hier alleine. Hier ist ein ganzer Saal voller Männer. Und die meisten von ihnen würden gerne ihre Zeit mit einer schönen Frau wie dir verbringen. Und nicht nur ihre Zeit, sondern auch ihre Nacht, wenn du verstehst, was ich meine!“

„Ja. Das war sogar für mich eindeutig genug.“ In seinem Gesicht suche ich nach etwas Unsympathischem oder Berechnendem. Doch ich finde dort nichts als ein unbeschwertes, strahlendes Lächeln, jede Menge guter Laune und ein paar Lachfalten um diese erstaunlich auffälligen Augen herum.

Grayson ist einfach nur nett zu mir und ihm scheint meine Nähe ganz offensichtlich zu gefallen. Nach einem Abend voller Minderwertigkeitskomplexe und dem Gefühl, das hässliche Entlein zu sein, kann ich nun nicht gerade behaupten, dass mir diese Art der Aufmerksamkeit missfallen würde. Es könnte deutlich unangenehmere Gesprächspartner geben als einen attraktiven Mann, der mir nette Komplimente macht, während ich auf Matt warten muss.

Kapitel 11

Leider braucht Matt viel länger als er mir versprochen hatte und nach und nach werde ich immer ungeduldiger. Sein ‚kleiner Augenblick' dauert mittlerweile schon fast eine Dreiviertelstunde an. Mir steigt der Alkohol, mit dem Grayson mich versorgt, langsam genauso sehr zu Kopf wie seine Komplimente. Ich schaue mich suchend nach Matt um, bis ich ihn lachend und scherzend mit einer vollbusigen Blondine in einer Ecke stehen sehe. Mich lässt er hier stehen und selbst amüsiert er sich mit irgendwelchen dämlich kichernden Tussis! Wütend schaue ich auf das sich mir bietende Szenario. Als ich die Blondine bis hierher kichern hören kann und dazu Matts Lachen vernehme, schnaube ich ärgerlich.

Grayson, ganz der aufmerksame Gentleman, bemerkt mein empörtes Schnauben und folgt meinem Blick.

„Wenn er dich mal nicht mehr haben will, lass es mich wissen. Ich würde dich sofort nehmen und dich nicht den ganzen Abend alleine stehen lassen!" Seine Worte sollen mich vermutlich trösten und nett sein, aber sie bewirken, dass in meinem Bauch etwas vor sich geht, das sich anfühlt, als würde sich eine eiskalte Faust um meinen Magen ballen.

Wenn er dich mal nicht mehr haben will!

Diese Worte fressen an mir wie Säure und mir wird plötzlich übel.

Ich starre immer noch in Matts Richtung und endlich schaut er auch zu mir hinüber. Er lächelt kurz, dann scheint ihn mein Gesichtsausdruck zu irritieren und er wird ernst. Er sagt irgendetwas zu der üppigen Blonden, lächelt sie noch einmal strahlend an und wendet sich dann zum Gehen.

Leider kommt er nicht weit, denn keine drei Meter später halten ihn drei wunderhübsche Frauen auf, bei denen er wieder stehenbleibt und mit ihnen strahlt und lacht. Und mich lässt er hier einfach stehen.

Ganz toll, Mr. Neandertaler!

Langsam reicht es mir. Um dem Drama zu entkommen, drehe ich mich weg und schaue in Graysons lächelndes Gesicht. Er legt mir in einer vertrauensvollen Geste die Hand auf meine Schulter.

„Möchtest du gerne einen Moment an die frische Luft gehen?“, fragt er mich einfühlsam.

Nickend kippe ich den restlichen Inhalt meines noch halb vollen Champagnerglases auf ex herunter und drücke dann das leere Glas der gerade vorbeikommenden Bedienung in die Hand. Grayson schiebt mich sanft auf die Terrasse, nicht ohne es zu versäumen, uns vorher zwei weitere volle Gläser zu organisieren.

Der Mann denkt mit!

Ich bin froh, dem ganzen Trubel ein bisschen zu entkommen und die kühle Abendluft empfängt mich tröstend und beruhigend, als wir die Terrasse betreten.

+++

Matt wird immer nervöser. Er wird ständig aufgehalten, obwohl er schon längst wieder bei Sophie sein wollte.

Heute Abend scheint dauernd irgendwer etwas von ihm zu wollen. Er ist gerade auf dem Weg zu ihr, als Romy, die Frau des Teambesitzers, ihn aufhält und in ein Gespräch verwickelt.

Die Frau des Mannes, der seine Gehaltsschecks unterschreibt.

Es ist unmöglich, sie wieder loszuwerden, ohne unhöflich zu sein. Zwischendrin wirft er immer wieder nervöse Blicke in Sophies Richtung. Sie sieht so wundervoll aus heute Abend! Sie ist so schön und gefällt ihm so viel besser, als die ganzen künstlichen Püppchen, die nur damit beschäftigt sind, ihren Lippenstift auszubessern und ihre Fingernägel zu kontrollieren.

Er würde sich nur wünschen, ihr Kleid wäre nicht so weit ausgeschnitten. Es steht für ihn sicher fest, dass so ziemlich jeder Mann heute Abend auf dumme Gedanken kommen muss, wenn er sie in diesem Kleid sieht. Gerade steht sie halb mit dem Rücken zu ihm und er kann sehen, wie der Schlitz im Rückenteil ihres Kleides die Sicht auf die zarte Haut über ihrer Wirbelsäule freigibt, sobald sie sich bewegt. Unwillkürlich erscheinen Bilder in seinem Kopf, wie sich eben diese Wirbelsäule vor ihm bewegt, wenn er sie von hinten nimmt.

Sofort fließt ihm eine Menge Blut in Körperregionen, deren Durchblutung er gerade gar nicht gebrauchen kann. Der Gedanke, dass jeder heute Abend ihren Körper auf diese Art betrachten kann, treibt ihn auf einmal fast in den Wahnsinn. Es erscheint ihm eine beinahe unerträgliche Vorstellung zu sein, dass er vielleicht nicht der Einzige ist, der heute Abend Sophies Körper betrachtet. Und vor allem, dass er vielleicht nicht der Einzige ist, der sich dabei überlegt, wie gut es sich anfühlen würde, sie an all den Stellen zu küssen, an denen ihr Kleid nackte Haut zeigt.

Verdammt! Und er hat sie ausgerechnet bei Grayson stehen lassen!

Romy erzählt ihm etwas, aber er hört ihr gar nicht mehr richtig zu. Als sie eine Spur zu laut kichert, lacht er einfach mit. In diesem Moment sieht er Sophies Gesicht. Er kann deutlich erkennen, dass sie sich unwohl fühlt, dass irgendetwas gerade mit ihr nicht stimmt. Er murmelt Romy gegenüber eine Entschuldigung und will schnell zu Sophie, doch auch diesmal kommt er nicht weit.

Drei Cheerleader der Mannschaft halten ihn auf, werfen sich ihm regelrecht in den Weg und versuchen ihn zu bezirzen und ihm neugierige Fragen über Sophie zu stellen. Er wimmelt sie so schnell wie nur irgendmöglich ab. Als er sich anschließend nach Sophie umschaut, ist sie einfach verschwunden. Und Grayson ist ebenfalls weg.

Böses ahnend macht Matt sich daran, nach ihnen zu suchen.

+++

Grayson reicht mir das volle Glas Champagner, das er für mich mit nach draußen genommen hat und prostet mir zu. Ich nippe nur noch an dem Glas, denn ich fühle mich schon ziemlich benebelt. Und auch Grayson merke ich an, dass ihm der Alkohol ebenfalls schon ziemlich zu Kopf gestiegen ist. Wir scherzen und lachen eine Weile miteinander, er ist wirklich überaus charmant, witzig und liebenswert. Ich mag die Art, wie er lacht und die vielen kleinen Lachfältchen, die sich dabei in seinem Gesicht bilden. Er wirkt leicht, unbeschwert und völlig ungekünstelt. Seine Aufmerksamkeit tut mir nach diesem nervenaufreibenden Abend einfach gut. Er scheint mich wirklich zu mögen und ein wenig sonne ich mich in seiner Aufmerksamkeit. Hier draußen ist es deutlich kälter als drinnen und ich bin mit meinem dünnen Kleid viel zu leicht angezogen für die Kühle der Nacht.

Fröstelnd schlinge ich die Arme um meinen Körper, eine Geste, die von Grayson nicht unbemerkt bleibt.

„Frierst du?“, fragt er mich und irgendetwas in seiner Stimme lässt mich aufhorchen. Leider bin ich sowohl zu beschwipst als auch zu langsam. Eine Sekunde später hat er mich schon mit einer schützenden Geste in seine Arme gezogen und nur eine weitere Sekunde verstreicht, bevor seine Lippen auf meinen landen.

Noch bevor mein leicht benebelter Verstand überhaupt wirklich realisieren kann, was hier gerade passiert, wird Gray von einem vor Wut schäumenden Matthew von mir weggerissen. Seine Faust landet in Graysons Gesicht und die Oberlippe des Wide Receivers platzt beinahe sofort unter dem Schlag auf. Matt packt ihn am Kragen seines Hemdes und schüttelt ihn.

„Was denkst du dir eigentlich, du verdammtes, dämliches Arschloch!“

Wie erstarrt stehe ich daneben und schaue zu, nicht in der Lage mich zu bewegen.

„Beruhige dich, Mann!“ Grayson hebt in einer beschwichtigenden Geste beide Hände in die Luft.

„Matt!“ Wenigstens meine Stimme habe ich trotz des Schrecks wiedergefunden, wenn sie auch ein bisschen zittrig ist. Ich versuche ihn von Grayson wegzuziehen und schließlich lässt er ihn tatsächlich los. Seine Augen blitzen wütend, als er sich zu mir umdreht.

„Los, wir gehen jetzt!“ Das ist keine Bitte, sondern ein Befehl. Und plötzlich wird mir klar, dass er nicht nur auf Grayson, sondern auch auf *mich* wütend ist.

Er packt mich am Arm und führt mich zum anderen Ende der Terrasse und durch den halben Garten. Dort gibt es einen Eingang durch die Küche, die wiederum eine Hintertür hat, durch die wir aus dem Haus gelangen.

Sein fester Griff um meinen Arm lockert sich dabei nicht im Geringsten. Er führt mich ab, als wäre ich ein jugendlicher Straftäter, der betrunken eine hilflose Oma überfallen hat. Eine

Weile lasse ich es geschehen, noch leicht benommen vom gerade Erlebten. Erst als wir auf der Straße ankommen, wird es mir zu bunt. Energisch löse ich seine Finger von meinem Arm und befreie mich von ihm.

„Sag mal, geht's noch?“, fauche ich ihn an. „Du lässt mich eine halbe Ewigkeit alleine stehen und dann kommst du und führst dich auf wie ein wild gewordener Steinzeitmensch?“ Natürlich war es nicht in Ordnung, dass Grayson mich geküsst hat. Aber ihm gleich ungefragt eine reinhauen, das muss ja nun auch nicht sein.

Matt bleibt abrupt stehen und dreht sich wutschnaubend zu mir um. „Ich habe dich vor ihm gewarnt, Sophie! Und du hast dich trotzdem einfach von ihm küssen lassen! Einfach so!“ Seine Hände ballen sich neben seinem Körper so stark zu Fäusten, dass seine Fingerknöchel weiß hervortreten.

Er ist tatsächlich wütend auf mich!

Ich kann es gar nicht fassen.

„Matt, du spinnst doch! Du lässt mich einfach mit ihm stehen und vergnügst dich stundenlang mit anderen Weibern. Und jetzt bist du sauer auf *mich*?“

„Du hast dich von ihm küssen lassen, Sophie!“, faucht er mich an.

„Ich hatte überhaupt keine Chance, selbst zu reagieren. Du warst gleich da und hast gemeint, deine Männlichkeit mit Gewalt demonstrieren zu müssen, bevor ich überhaupt eine Gelegenheit hatte, zu realisieren, was da gerade passiert ist!“

Noch immer steht Matt wie angewurzelt da. Ich kann hören, wie er mühsam versucht, seine Atmung unter Kontrolle zu bringen.

„Ich werde von meiner Freundin ja wohl noch verlangen können, dass ich sie mal kurz alleine lassen darf, ohne dass sie sich gleich einem anderen an den Hals wirft. Oder sich von ihm abknutschen lässt!" Mittlerweile hat er sich umgedreht, ist weitergegangen und hat mich einfach stehen lassen.

„Kurz? Du hast mich mehr als eine Stunde lang in einem Haifischbecken allein gelassen", brülle ich ihm hinterher. Kommentarlos winkt er einem vorbeifahrenden Taxi und ich habe Mühe, es noch rechtzeitig zu erreichen, da Matt anscheinend nicht bereit ist, auf mich zu warten. Die ganze Fahrt bis nach Hause sprechen wir kein einziges Wort miteinander.

Kapitel 12

Ich bin wütend. Ich bin so unendlich wütend, dass das Blut in meinen Ohren rauscht und mir die Hände zittern.

Matt sitzt wie ein personifizierter Vorwurf mit verschränkten Armen auf dem Sofa. Ich würde ihn gerne packen und schütteln, irgendetwas zertrümmern, das ihm wichtig ist oder ihn zumindest aus vollen Leibeskräften anschreien.

„Du bist ein Idiot, weißt du das? Ich habe schon immer gewusst, dass du nicht mehr als ein dämlicher Neandertaler bist! Ich kann nichts dafür, dass dein bescheuerter, besoffener Wide Receiver seine Finger und seinen Mund nicht bei sich behalten kann, hörst du?“

Er sitzt da und starrt mich an. Er sitzt einfach nur da und zieht in einer überheblichen Geste eine Augenbraue hoch.

„Ach nein?“ Er mustert demonstrativ mein Kleid, das zwar zugegebenermaßen einen tiefen Ausschnitt hat, mich im Gegensatz zu dem freizügigen Aufzug manch anderer Spielerfrau allerdings immer noch beinahe nonnenhaft brav hat aussehen lassen.

Ich gehe zwei Schritte auf ihn zu, sodass uns nur noch wenige Zentimeter trennen. Eine heiße Welle der Wut steigt in mir hoch. Ich kann mich nicht erinnern, dass ich jemals in meinem Leben mit so viel Adrenalin im Blut auf jemanden wütend gewesen bin.

„Arschloch!“, zische ich, meine Halsschlagader fängt unangenehm an zu pulsieren.

„Schlampe!“, zischt Matt zurück und verzieht seinen Mund zu einem kalten, verächtlichen Lächeln. In diesem Moment setzt in mir irgendetwas aus. Ehe ich weiß, was ich da mache, landet meine Hand in seinem Gesicht. Ich haue ihm eine runter, so stark, dass mir die Hand wehtut.

„Niemand nennt mich Schlampe!“ Meine Stimme ist gefährlich leise. Dann drehe ich mich um und gehe in Richtung Küche, um in mein Zimmer zu verschwinden

Ich gehe aufreizend langsam und hoch erhobenen Hauptes, er soll bloß nicht denken, dass es eine Flucht sein könnte.

Es ist erstaunlich, dass ich es schaffe, geradeaus zu gehen. Mein eigener Puls schlägt laut in meinen Ohren und ich bin so geladen, dass ich am ganzen Körper zittern würde, würde ich mich nicht so stark zusammenreißen. Es kostet mich meine gesamte Selbstkontrolle, weiterhin einen Fuß vor den anderen zu setzen.

Ich komme bis in seinen dämlichen Empfangssalon. Dann ist er plötzlich hinter mir. Sein Arm schlingt sich von hinten um meine Taille und seine Finger krallen sich in mein Haar, er biegt meinen Kopf grob nach hinten und küsst mich unsanft. Ich gebe ein erstauntes Geräusch von mir ob der Heftigkeit seines Kusses. Er dreht mich halb zu sich um.

Mein rasender Herzschlag beschleunigt sich noch mehr.

Seine Zunge dringt in meinen Mund ein, besitzergreifend, leidenschaftlich und ohne jede zärtliche Zurückhaltung.

Ich vergesse zu atmen und beginne in seinen Armen zu schwanken. Sein Kuss setzt meinen Körper in Brand, meine Nippel werden hart und ich spüre, wie sich umgehend Feuchtigkeit zwischen meinen Beinen sammelt und mein Zentrum zu pochen anfängt. Erstaunt über meine Reaktion auf ihn schnappe ich nach Luft, ich kann kaum glauben, dass ich ihn gerade so sehr will, obwohl ich doch so unglaublich wütend auf ihn bin.

„Hat es sich so bei ihm angefühlt, Sophie? Hat es sich so angefühlt, als er dich geküsst hat?“ Seine Stimme ist ein heiseres Zischen an meinem Ohr.

„Nein“, flüstere ich und meine Stimme ist ebenso rau wie seine.

Er küsst mich erneut. Meine Wut wird von Lust verdrängt. Ich werde von nackter, animalischer Begierde erfasst, mit einer Wucht, die mich erbeben lässt.

„Du bist *meine* Frau, hörst du? Meine!“, raunt er in mein Ohr, während er mich mit seinem Körper gegen das Sofa drängt und seine Hände mein Kleid über meine Hüfte hochschieben. All mein Empfinden konzentriert sich nur noch auf meine feuchte Enge, die jetzt und sofort von ihm ausgefüllt werden will. Ich halte mich mit beiden Händen am Sofa fest.

„Ja!“, hauche ich, „Ich bin deine! Nur die Deine.“

Ich höre, wie er seine Hose öffnet. Ich spüre seinen nackten, harten Schwanz, der sich gegen meinen entblößten Po drückt. Er schlingt seinen rechten Arm um mich, seine Hand zieht meinen String zur Seite und schiebt sich zwischen meine Beine.

„Du bist so nass, Sophie. Ist das für mich? Ich will, dass du nur für mich so nass wirst, nur noch für mich!“

„Ja!“, meine Stimme ist vermischt mit meinem atemlosen Stöhnen, als er seine Finger ein paar Mal durch meine nasse Spalte zieht. „Ich bin nass, nur für dich!“

„Willst du mich? Jetzt?“ Noch einmal sichert er sich ab und ich gebe ihm meine Einwilligung, indem ich meinen Po wollüstig gegen ihn presse.

All meine berauschende, mich beherrschende Wut wird jetzt von ebensolcher Erregung abgelöst. Alles was ich noch will, ist Matt. Als er seinen harten Schwanz bis zum Anschlag in mich versenkt, schreie ich vor Wonne laut auf. Er stößt hart zu und seine Hände umfassen meine Brüste, ich schreie wieder. Mein Po wölbt sich ihm entgegen, ich verhalte mich wie eine läufige Hündin und es ist mir völlig egal. Sein Becken klatscht mit einem satten Geräusch gegen meinen Hintern und ich will nichts anderes mehr als das. Ich spüre, wie er mich ausfüllt, ich spüre seine Wut, seine Leidenschaft und seine Liebe. Ich spanne meine Muskeln an, um ihn in mir festzuhalten, um so viel wie möglich von ihm in mir spüren zu können. Seine Hand wandert zwischen meine Beine, findet meine empfindlichste Stelle und beginnt, mich zu stimulieren.

„Ja!“, schreie ich bei seinem nächsten Stoß, der so hart ist, dass meine Zähne aufeinander schlagen. „Bitte … ja!“ Ich höre seinen Atem, der in kurzen, keuchenden Zügen geht und immer hektischer wird. Er beißt mir fest in meinen Nacken, so als wolle er mich damit markieren, als er das nächste Mal zustößt. Es tut weh, aber gleichzeitig ist es lustvoll und ich schreie schon wieder, simultan krampft sich mein Schoß um ihn zusammen. Mein Körper beginnt zu zittern und ich komme hart und heftig. Die Wellen meines Höhepunktes haben mich fest im Griff. Ich zucke unkontrolliert, meine Beine halten mich nicht mehr und er muss mich mit beiden Händen festhalten, damit er seinen Rhythmus beibehalten kann. Ich höre ihn keuchen, als er nach zwei weiteren Stößen ebenfalls zum Höhepunkt kommt und sich heiß in mir ergießt.

Atemlos bleiben wir eine Weile einfach so stehen, Matt ist immer noch in mir.

„Sophie“, murmelt er, während er sich aus mir zurückzieht. Ich drehe mich langsam zu ihm um und er zieht mich in seine Arme. Ich lehne meinen Kopf an seine Brust, die immer noch von seinem weißen Hemd bedeckt wird.

Ich kann seine Wärme spüren und seinen vertrauten Geruch wahrnehmen; sein Herz schlägt immer noch schneller als normal.

„Sophie, es tut mir so leid. Ich … hab’ ich dir wehgetan?“

Ich lache freudlos und es klingt rau und heiser.

„Nicht beim Sex, Matt, der war großartig.“ Ich setze ein schiefes Lächeln hinterher.

„Es tut mir so leid. Ich wollte das nicht. Dich mit einem anderen Mann zu sehen, das war … dabei ist irgendwie eine Sicherung in mir durchgebrannt. Ich ertrage allein die Vorstellung nicht, dass du mit einem anderen zusammen sein könntest. Und dann zu sehen, wie Grayson dich küsst … das war einfach zu viel.“

Er küsst meinen Scheitel und seine Hände streichen an meinem Rücken auf und ab.

„Bitte entschuldige, dass ich mich wie ein Vollidiot verhalten habe.“ Seine Stimme ist tief und sanft. „Und auch dass ich dich Schlampe genannt habe. Ich weiß, dass du keine bist. Es tut mir alles so leid, Sophie!“

Ich stelle mich auf Zehenspitzen, gebe ihm einen Kuss auf sein Kinn.

„Mir tut es auch leid, dass ich dich Arschloch genannt habe, Matt.“

Er lässt mich los, macht einen Schritt nach hinten und sieht mich an.

„Kann ich dich überreden, vielleicht doch mit mir zusammen in einem Bett zu schlafen? Ich weiß du bist sauer und ich kann verstehen, wenn du lieber alleine sein möchtest. Aber ich würde mich wirklich sehr freuen, wenn du die Nacht mit mir zusammen verbringen würdest.“

Er ist unsicher! Dieser Mann, der vor Selbstbewusstsein sonst nur so zu strotzen scheint, ist sich unsicher. Meinetwegen. Und jedes Mal, wenn ich das bemerke, kann ich gar nicht anders, als gerührt zu sein.

Ich lege meine Hand in die seine, die er mir ausgestreckt hinhält. Er seufzt erleichtert auf und zieht mich noch einmal kurz an sich, um mich zu küssen.

Die ganze Nacht hält er mich fest an sich gedrückt in seinen Armen und selbst im Schlaf sucht er noch nach mir, sobald ich mich mal ein bisschen von ihm löse.

Ich bin zu aufgewühlt, um sofort einschlafen zu können.

Irgendwann ergebe ich mich in seinen Klammergriff, schmiege mich eng an ihn und schlafe ein.

Kapitel 13

Matt hat sich irgendwoher alle Zeitungen besorgt, in denen wir erwähnt worden sind. Ich bin völlig erstaunt, wie interessant solcher Klatsch und Tratsch selbst für seriösere Blätter zu sein scheint und ich bin erleichtert, dass ich auf den Fotos nicht allzu dämlich aussehe.

Die zu den Bildern gehörenden Artikel bleiben neutral und eher wenig aussagekräftig. Ich bin glücklich, dass ich den ersten offiziellen Abend an der Seite meines Megafootballstars so unbeschadet überstanden habe. Von dem Zwischenfall mit Grayson natürlich mal abgesehen.

Mittags packen Matt und ich unsere Sachen zusammen und fahren ans Meer. Die Sonne hat noch Kraft, aber sobald sie hinter den Wolken verschwindet, wird es kühl und am Meer ist es windig. Nach einem ausgiebigen Spaziergang, den wir in wundervollem Schweigen Hand in Hand und barfuß verbringen, suchen wir uns eine windgeschützte Stelle am Strand, von der aus wir aufs Wasser schauen können. Matt setzt sich hinter mich und zieht mich so an sich heran, dass ich mich an ihn anlehnen kann und Schutz in der Wärme seines Körpers finde. Wir trinken mitgebrachten Tee, der in der Thermoskanne erstaunlich heiß geblieben ist und essen dazu Sandwiches, während wir ein Kind mit einem Drachen beobachten.

„Wie stellst du dir deine Zukunft vor, Sophie?“

Ich verschlucke mich an meinem Tee und muss so heftig husten, dass er mir fast zur Nase wieder herauskommt und Matt lacht hinter mir.

„Ich wollte mit dieser Frage eigentlich keinen Panikanfall bei dir auslösen, Honey!“

Abwehrend hebe ich, noch immer hustend, die Hand.

„Hast du nicht“, bringe ich mühsam hervor. Als ich wieder Luft bekomme, versuche ich eine Antwort auf seine Frage zu finden. „Ich habe irgendwie gar keine konkreten Zukunftspläne, Matt.“

„Ach komm schon, Honey. *Jeder* hat irgendwelche Pläne, Wünsche und Vorstellungen über das, was die Zukunft so bringen soll. Willst du zum Beispiel immer hier bleiben, oder wollen wir irgendwann nach Deutschland ziehen?“

WIR! Er hat WIR gesagt!

Vor Freude schlägt mein Herz gleich ein bisschen schneller.

„Könntest du dir denn vorstellen, irgendwann von hier wegzugehen?“ Ich weiß gar nicht, ob ich das will, doch darüber mal zu sprechen kann ja nicht schaden. Ich spüre sein Schulterzucken.

„Keine Ahnung, Sophie. Ich bin jetzt 33. Irgendwann habe ich keine Lust mehr auf den Sport und werde es auch nicht mehr können. Für viele ist Football alles im Leben. Aber ich habe ja eigentlich nur damit angefangen, um meine intellektuellen Eltern zu ärgern, die diese Sportart heimlich für barbarisch halten.“ Ich kann das schelmische Funkeln seiner Augen wahrnehmen, ohne ihn dabei ansehen zu müssen. „Ich habe keine Lust, irgendwann ein abgehalfterter Footballstar zu sein, in dessen Leben es immer nur den Sport gegeben hat und der immer noch von seinem letzten, großen Touchdown träumt. Es gibt Wichtigeres im Leben als den Sport oder die Arbeit. Natürlich braucht man Geld, um zu leben, aber man braucht auch etwas, für das es sich überhaupt zu leben lohnt. Und das sollte etwas sein, das bleibt. So wie eine Familie. Und ob wir die nun hier oder woanders haben werden, ist mir herzlich egal. Aber bis ich in ein paar Jahren in Rente gehe, müsstest du es hier mit mir aushalten. Meinst du, das schaffst du?“ Er greift in meinen Nacken und massiert meine ewig verspannten Schultern.

Ich bin gerade viel zu überwältigt von dem, was er mir alles gesagt hat. Ich nicke und murmele dann endlich: „Ja, ich denke, dass schaffe ich.“

Matt gibt mir einen lauten Kuss auf mein rechtes Ohr.

„Na siehst du, Honey, und schon hast du Zukunftspläne. Nämlich mich zu ertragen. Das ist doch gar nicht so schwer gewesen.“ Er klingt fröhlich und zufrieden.

Ich muss lachen. Nein, das ist es wirklich nicht.

Die kommenden Tage stellt sich fast so etwas wie eine Routine ein. Matt geht zum Training und ich bleibe alleine und arbeite. Matt fliegt zu einem Auswärtsspiel und ich bleibe zu Hause und arbeite. Matt geht mit seinen Kollegen am vertraglich geregelten Abend in die Sportkneipe des Teambesitzers und ich bleibe zu Hause, nur dass ich diesmal fernsehe statt zu arbeiten.

Das letzte Mal hat er mich zu einem dieser Abende mitgenommen. Das hat mich zwar sehr gefreut, aber es ist dort eine echte ‚Männerrunde' gewesen und das einzige Thema, über das gesprochen wurde, war Football, Football und noch mal Football. So gern ich in Matts Nähe bin, aber da bleibe ich doch lieber zu Hause.

Nur wirklich gut dabei fühle ich mich nicht. Mein ganzer Tagesablauf richtet sich nur noch nach Matthew. Ist er nicht da, sitze ich am Schreibtisch. Eine Stunde, bevor er nach Hause kommt, stelle ich mich in die Küche, um uns ein gemeinsames Abendessen zu kochen. Schon drei Stunden vorher fange ich an, alle zehn Minuten auf die Uhr zu schauen, um bloß den richtigen Zeitpunkt nicht zu verpassen. Und manchmal ertappe ich mich selbst dabei, dass ich schon frühmorgens, kaum wenn er das Haus verlassen hat, auf die Uhr schaue, um mir auszurechnen, wie viele Stunde es noch dauern wird, bis er endlich wieder heimkommt und wir wieder zusammen sein können. Ist er hier und hat freie Zeit zur Verfügung, dann arbeite ich nicht, um nach Möglichkeit jede Minute mit ihm zu verbringen.

Ich genieße die Zeit mit ihm. Ich fühle mich gut, wenn er da ist. Wir lachen miteinander und er gibt mir jede Minute, die wir zusammen verbringen, das Gefühl, dass es gut ist, hier zu sein. Bei ihm. Mit ihm.

Und trotzdem habe ich manchmal so schlimm Heimweh, dass ich am liebsten meine Zelte hier abbrechen würde. Ich vermisse meinen Bruder und mein kleines Haus, in dem ich jede Menge Aufgaben hatte. Ich langweile mich und fühle mich unselbstständig. Keine Ahnung, woran es liegt, dass ich mir hier so nutzlos vorkomme. In Deutschland bin ich auch die meiste Zeit alleine gewesen, manchmal sogar tagelang.

Aber wenn ich jetzt hier alleine bin, dann fühle ich mich unruhig und rastlos; ich fühle mich wie ein Tiger im Käfig. Ich fühle mich hier merkwürdig unerfüllt und werde von einer Unruhe ergriffen, die von Tag zu Tag zunimmt und die ich zu Hause nicht von mir kannte. Zu Hause war eben zu Hause. Ich hatte immer etwas zu tun, der Garten musste gepflegt werden, die Wäsche musste gewaschen und das Haus sauber gehalten werden. So oft ich diese Tätigkeiten vorher auch verflucht habe, jetzt vermisse ich sie. Ein paar Mal habe ich schon ernsthaft darüber nachgedacht, Matt zu bitten, seine Haushälterin und seinen Gärtner nicht mehr herkommen zu lassen. Ich will nur nicht, dass die beiden ihren gut bezahlten Job hier verlieren.

An meiner Arbeit als Übersetzerin habe ich vorher immer besonders gerne gemocht, dass ich sie von meinem eigenen Schreibtisch aus (und von jedem anderen Ort, der mir gefällt) erledigen konnte. Und ohne diese Flexibilität hätte ich auch nie so einfach zu Matthew fliegen können. Mit einem normalen Bürojob, den ich hätte aufgeben und kündigen müssen, wäre natürlich alles noch viel komplizierter gewesen. Jetzt aber bereue ich diesen Umstand zum ersten Mal, seit ich mit diesem Job mein Geld verdiene. Ich würde mir wünschen, eine Arbeit zu haben, die mich tagtäglich dazu zwingt, aus dem Haus zu gehen. Und die dazu führt, dass ich zwangsläufig Kontakt zu anderen Menschen bekommen muss.

Ich weiß, dass es Menschen gibt, denen es furchtbar leicht fällt, selbst bei so banalen Dingen wie einem Lebensmitteleinkauf neue Freundschaften zu knüpfen: Aber ich gehöre leider nicht dazu. Wenn ich das versuche, dann lerne ich nur Menschen wie Chelsea kennen, eben genau solche Menschen, die ich prinzipiell lieber nicht gekannt hätte.

Ich fühle mich manchmal, als hätte ich gar kein eigenes Leben mehr. Als würde ich nur noch wirklich leben, wenn ich mit Matt zusammen bin. Und das tut mir alles andere als gut. Nur weiß ich auch nicht, wie ich diese Problematik beseitigen soll. Neue Aufgaben und neue Freunde, die mein Leben erfüllter machen und mir das Gefühl von mehr Selbstständigkeit geben würden, lassen sich auch nicht mal so eben an der nächsten Straßenecke auftreiben. Und die kulturellen Unterschiede, die es durchaus gibt, vereinfachen mir die ganze Angelegenheit auch nicht unbedingt. Ich bin schon unendlich froh, dass zumindest die sprachliche Ebene keine Barriere für mich darstellt, da ich ja zweisprachig aufgewachsen bin.

Ich habe hier einfach noch keinen Platz für mich gefunden. Zumindest keinen, der sich auch gut anfühlt, wenn Matt und ich mal nicht zusammen sein können, was leider ziemlich oft der Fall ist.

Seufzend suche ich meine Sachen zusammen und gehe einkaufen. Schon mehrfach hat Matt mir vorgeschlagen, dass ich die Sachen der Bequemlichkeit halber doch einfach liefern lassen soll, aber ich mag die Routine und die Normalität beim Einkaufen. Und ich bin heimlich verliebt in die vielen amerikanischen Lebensmittel, die ich noch nicht kenne.

Auch die Drogerieabteilung im Supermarkt zieht mich magisch an. Es ist unglaublich, was es hier alles zu kaufen gibt.

Eher zufällig fällt mein Blick diesmal auf die vielen Artikel, die ein strahlend weißes Lächeln und somit neues Selbstbewusstsein versprechen. Ehe ich weiß, was ich da tue, landet eins davon in meinem Einkaufskorb.

Gebleichte Zähne, Sophie? Wirklich?

Eigentlich wollte ich nie eine von diesen oberflächlichen Frauen werden, die sich nicht mehr trauen, die Stirn zu runzeln, weil sie Angst vor Falten haben. Aber ein bisschen weißere Zähne können schließlich nicht schaden. Ich versuche es mir selbst schönzureden, dass ich offenkundig den ersten Schritt in Richtung eines Schönheitswahns gemacht habe, über den ich zuvor immer nur die Nase gerümpft habe. Ich nehme mir fest vor, in Zukunft auch diesbezüglich ein bisschen toleranter zu sein. Und Naserümpfen zu vermeiden. Schon allein der Falten wegen und so.

Vielleicht sollte ich einfach jegliche Mimik vermeiden, dann könnte ich zumindest ziemlich sicher sein, dass mein Gesicht noch lange glatt bleibt. Und langweilig. Grinsend lege ich einen Kanister Milch so in meinen Korb, dass ich das Zahnweißzeug nicht mehr ansehen muss und stelle mich an der Kasse an.

Kapitel 14

Wie immer ist Matt tagsüber beim Training und ich setze mich an meinen Schreibtisch, um zu arbeiten. Eigentlich will ich nur eine Mail an Lukas schreiben, doch irgendwie bleibe ich bei den Klatschnachrichten hängen.

Ein wenig unmotiviert klicke ich mich durch den Tratsch über diverse Promis, bis ich entgeistert an einer Schlagzeile hängen bleibe.

„Matthew Johnson und sein Gelbzähnchen" lautet die Schlagzeile und darunter ist ein schrecklich hässliches Foto von mir, das irgendwer geschossen hat, als ich das beschissene Zahnweiß in meinen Einkaufskorb packe. Dazu hat irgendein Schmierfink ein paar Zeilen geschrieben, in denen es vor allem darum geht, wie unscheinbar ich doch wäre und dass er sich fragen würde, warum Matthews Wahl ausgerechnet auf mich gefallen sei. Und dass gebleichte Zähne da doch wohl auch nichts mehr retten würden. Der ganze Artikel ist fast schon beleidigend. Ich muss ihn trotzdem immer und immer wieder lesen und es verletzt mich, obwohl ich weiß, dass es das nicht sollte. Irgendwer hat hier irgendwelchen Blödsinn geschrieben und das in der Hoffnung, damit ein bisschen Geld verdienen zu können. Zusätzlich fühle ich mich beobachtet, meiner Privatsphäre beraubt und … ausspioniert! Ich wische mir ein paar Tränen aus den Augen, über die ich mich ebenfalls ärgere, weil es irgendein Vollidiot geschafft hat, mich zu verletzen, der mir völlig egal sein sollte. Mit mir persönlich hat das gar nichts zu tun und obwohl ich mir das immer wieder sage, brauche ich lange, bis ich mich endlich auf meine Arbeit konzentrieren kann. Zu meinem Glück gelingt es mir, mich so darin zu versenken, dass ich es eine Zeit lang schaffe, an nichts anderes mehr zu denken.

Gänzlich in meine Arbeit vertieft brauche ich eine Weile, um das Geräusch, das mich am späten Nachmittag aus meiner Konzentration herausreißt, richtig einzuordnen. Erstaunt stelle ich dann fest, dass es die Haustürklingel war, die meine Gedanken so unsanft gestört hat.

Bevor ich zur Haustür gehe, werfe ich einen Blick auf den Monitor, der über eine kleine Kamera an der Tür zeigt, wer davor steht.

Mit einiger Verwunderung erkenne ich, dass es Chelsea ist.

Was will die denn hier? Und woher weiß sie, dass ich hier wohne?

Kurz überlege ich, ob ich die Tür wirklich öffnen will. Dann siegt die Neugierde und ich mache auf. Chelsea sieht aus, als hätte sie geweint, ihre Augen glänzen feucht und ihre vollen Lippen sind leicht geöffnet. Sie sieht wunderschön und herzerweichend verzweifelt aus.

Wenn ich ein Kerl wäre, würde ich sie auf der Stelle mit ganz viel Sex trösten wollen!

Wie gut, dass ich keiner bin. Ich bin mir ziemlich sicher, dass sie reichlich beziehungsgestört ist. Noch schlimmer als ich es bin. Eine Frau wie Chelsea würde schon nach einmaligem Sex davon ausgehen, dass man ihr umgehend die große Liebe schwören und sie dann noch in diesem Jahr heiraten muss.

„Hallo Sophie!“, piepst sie jetzt ein bisschen verlegen und mir fällt auf, dass ich sie die ganze Zeit nur angestarrt und kein Wort gesagt habe.

„Chelsea!“ Ich bemühe mich um ein herzliches Lächeln, denn auch wenn sie mir entsetzlich auf die Nerven geht, tut sie mir irgendwie leid. Und außerdem muss ich mir ab und an auch einfach selbst beweisen, was ich doch für ein herzensguter Mensch bin. „Was machst du denn hier?“, fahre ich deshalb umgehend fort und die Überraschung in meiner Stimme brauche ich dabei nicht einmal zu spielen.

„Ich …“, sie schluckt schwer und holt tief Luft. „Ich würde gerne mit dir sprechen. Könnte ich vielleicht kurz hereinkommen?“ Ihr schüchternes Lächeln wirkt flehend und beinahe unterwürfig. Trotzdem überlege ich kurz. Will ich sie wirklich hereinlassen? Aber was soll schon passieren. Ich wiege locker fünfzehn Kilogramm mehr als sie. Eigentlich sollte mich das in eine tiefe Krise stürzen, aber wenn sie mich angreifen sollte, könnte das von strategischem Vorteil sein. Ich könnte sie bestimmt locker k. o. schlagen, überlege ich mir, während ich ihre dünnen

Ärmchen betrachte. Zu meinem eigenen Entsetzen finde ich den Gedanken irgendwie sehr reizvoll.

Ich beschließe also, dass es nicht schaden kann, wenn ich sie hereinlasse. Zumal ich beinahe brenne vor Neugierde, zu erfahren, was sie hier will. Nach einem kurzen Moment des Nachdenkens führe ich sie in Matts Empfangssalon, das ist am unverfänglichsten. Mit einer Geste biete ich ihr an, sich auf eines der Sofas zu setzen und nehme ihr gegenüber Platz. Sie wirkt winzig auf dem großen Sofa und klammert sich mit beiden Händen an ihrer Handtasche fest. Unsicher sieht sie sich um und murmelt etwas, das sich anhört wie „Ich bin noch nie hier gewesen!" Ich bin mir nur nicht ganz sicher, ob ich sie richtig verstanden habe. Dann schweigt sie und schaut sich einfach nur weiter mit ihren großen, weit aufgerissenen Rehaugen um.

„Wie kann ich dir weiterhelfen?", frage ich, nachdem sie keine Anstalten macht, von selbst wieder das Wort zu ergreifen.

„Ich ... letzte Woche habe ich … ich habe diesen Artikel in der Zeitung gesehen!", bringt sie mit piepsiger Stimme schließlich mühsam hervor, während sie einen ausgeschnitten Zeitungsartikel aus ihrer Handtasche zum Vorschein bringt. Ich erkenne ihn, es ist einer von den Artikeln, der über Matt und mich nach der Party des Teambesitzers erschienen ist. Gespannt, was nun folgen wird, lehne ich mich ein Stück auf dem Sofa vor. Alles in mir ist plötzlich in einen Warnzustand versetzt, als wüsste ich schon, dass jetzt nichts Gutes kommen wird.

„Und?“, frage ich trotzdem mit ungeduldiger Stimme, obwohl ich mir gar nicht sicher bin, ob ich tatsächlich hören will, was sie wohl zu sagen hat.

„Du bist Matts Neue! Du bist der Grund, weshalb er von mir nichts mehr wissen will!“ Ihre Stimme klingt leicht hysterisch und umgehend füllen sich ihre Augen mit Tränen.

Es braucht ein paar Sekunden, bis ich verarbeitet habe, was sie mir da gerade gesagt hat. Und als ich es habe, reißt mich ein ganzer Orkan von Gefühlen mit sich. Erst spüre ich einen eisigen Klumpen in mir, umgeben von rauschendem Blut, das so laut in meinen Ohren dröhnt, dass ich für einen Augenblick nichts anderes mehr höre. Dann wird mir so schwindelig, dass ich einen Moment die Augen schließen muss. Chelsea und Matt. Chelsea und Matt! In meinem Kopf machen sich Bilder breit, die ich nie darin hätte haben wollen. Ein Gefühl von irrealer Panik erfasst mich, von Angst, von Ekel, von Wut, von Enttäuschung. Ich atme tief ein und langsam wieder aus. Und dann noch einmal. Ganz tief und konzentriert ein und ruhig und langsam wieder aus. Nach und nach gelingt es mir, meinen Verstand wieder einzuschalten. Traue ich Matt das wirklich zu? Traue ich ihm zu, dass er mich ständig angerufen hat, mir das Gefühl gegeben hat, mit ihm in einer Beziehung zu sein um dann frisch, fromm, fröhlich, frei mit einer anderen ins Bett zu hüpfen? Und mir zeitgleich am Telefon seine Liebe zu gestehen?

Die Antwort auf diese Frage ist nicht schwer zu finden. Natürlich traue ich es ihm nicht zu! Andererseits habe ich meinen Exfreunden die ganzen Abscheulichkeiten, die sie sich so geleistet haben, auch nicht zugetraut. Aber bei Matt? Im Prinzip bin ich mir ziemlich sicher, dass er keine andere hatte, seit wir etwas miteinander haben.

Chelsea sieht mich immer noch an, vorwurfsvoll, schmollend, traurig und ein bisschen ungläubig. Sie wirkt so herzzerreißend naiv und gleichzeitig so unglaublich dumm. So hübsch sie ist, ich kann nicht glauben, dass Matt je etwas mit ihr gehabt haben könnte, das über einen One-Night-Stand hinausgegangen ist. Sie tut mir leid, so wie sie da sitzt.

Noch einmal hole ich tief Luft, bevor ich es schaffe, meine Gefühle und meine Gedanken so weit zu sortieren, dass ich wieder in der Lage bin, endlich etwas zu sagen.

„Chelsea, es tut mir leid, wenn du jemanden liebst, der dich nicht ebenso zurückliebt." Ich finde diese Antwort selbst wahnsinnig diplomatisch. Sie sieht so elend aus, egal, was sie gerade behauptet, ich will ihr nicht noch mehr wehtun. Niemand könnte besser als ich verstehen, wie hoffnungslos leicht man sich in Matt verlieben kann. „Aber Matt und ich sind ein Paar. Wir lieben uns." Ich stehe auf und bin erleichtert, als ich feststelle, dass sie es richtig verstanden hat und ebenfalls aufsteht. Schweigend bringe ich sie bis zur Tür und es fühlt sich an, als wäre die Luft auf Gefriertemperatur heruntergekühlt. Gleichzeitig schwitze ich und spüre, wie mein ganzer Kopf rot angelaufen ist und sich heiß anfühlt.

„Du glaubst mir das nicht, oder? Du denkst, ich kenne ihn gar nicht!", sagt sie beinahe tonlos, als wir bei der Haustür angekommen sind.

Ich sage einfach nichts.

Dann setzt Chelsea noch einmal an und holt zu einem letzten, vernichtenden Schlag aus. „Matt isst gerne Eis. Seine Lieblingssorte ist Peanut Poetry!“ Sie schaut mir fest in die Augen, dann dreht sie sich um und verlässt das Haus.

Ich merke, dass ich jetzt blass werde. Mir wird eiskalt und meine Beine beginnen zu zittern. Es ist tatsächlich Matts Lieblingssorte, er hat es mir erzählt, als wir an meinem ersten Tag hier zusammen einkaufen waren. Kann sie das irgendwoher wissen? Aus dem Internet vielleicht? Ich versuche, mich selbst zu beruhigen. Bestimmt hat er es mal irgendwo erzählt. In Interviews werden ja manchmal die seltsamsten Sachen gefragt. Trotzdem setzt sich ein erster Zweifel in mir fest, wie ein schmerzhafter Stachel, der sich tief in mein Fleisch bohrt.

Völlig in Gedanken verriegele ich die Tür hinter Chelsea und gehe langsam in mein Zimmer. Ehe mir tatsächlich klar wird, was ich da tue, klappe ich meinen Laptop auf und fahre ihn hoch. Als die Suchmaske auf dem Bildschirm erscheint, gebe ich „Matthew Johnson Peanut Poetry“ ein und drücke auf Enter. Meine Augen schließen sich und ich will sie am liebsten gar nicht wieder aufmachen. Ich will es nicht sehen, wenn meine Suche zu keinem Ergebnis führen sollte. Irgendwann traue ich mich doch und es tritt ein, was ich befürchtet habe, es gibt keinen Treffer.

Da ich eine selbstzerstörerische Ader habe, kann ich es dabei nicht belassen. Ich suche stattdessen weiter, nach Beweisen, von denen ich weiß, dass ich sie lieber nicht finden möchte. Ich gebe Matts Namen ein und suche nach Bildern. Dabei lege ich eine

Akribie an den Tag, die ich sonst gar nicht von mir kenne. Meine selbstzerstörerische Ader scheint stärker ausgeprägt zu sein, als mir bisher bewusst war. Ich suche so lange, bis ich es finde: ein Bild von Matt und Chelsea. Sie hat in vertrauter Geste den Arm um ihn gelegt und die beiden lächeln strahlend in die Kamera. Das Bild scheint noch nicht sehr alt zu sein. Mir wird schlecht.

Gerade eben noch schaffe ich es ins Badezimmer, bevor ich anfange, mich zu übergeben. Zehn Minuten später kommt Matt nach Hause und findet mich zusammengerollt vor der Toilette.

Kapitel 15

„Sophie!“ Die Besorgnis in Matts Stimme führt dazu, dass ich mich gleich wieder übergeben muss. Ich fühle mich, als hätte mir jemand den Boden unter den Füßen weggezogen, als wäre mein ganzes, verdammtes Leben von einer Minute auf die andere nur noch ein beschissener Trümmerhaufen. Ich würge heftig, während ich mich über die Kloschüssel beuge und spüre Matts Hand auf meiner Schulter, von der ich sie gleich wieder abzuschütteln versuche. Was gar nicht so leicht ist, wenn man sich gleichzeitig die Seele aus dem Leib kotzt.

Nachdem sich mein Magen endlich wieder beruhigt hat, stehe ich auf und spüle mir den Mund aus. Dann wasche ich mir das Gesicht und putze mir die Zähne. Matt steht im Badezimmer und sieht aus, als würde er die Welt nicht mehr verstehen. Und ich gehe davon aus, dass dies momentan auch den Tatsachen entspricht.

„Chelsea war vorhin hier!“, fauche ich ihn an. Er steht mit herabhängenden Armen mitten im Raum und sieht jetzt noch verwirrter aus.

„Wer bitte ist Chelsea, Sophie?“ Er verschränkt seine Arme vor der Brust und zieht die Augenbrauen hoch.

„Tu doch nicht so, als würdest du das nicht wissen!“ Ich benehme mich wie eine Irre. Wie eine hysterische Superzicke. Ich höre meine eigene Stimme, zu laut, zu schrill, ich sehe Matt, der völlig verdattert ist und nicht weiß, wie ihm geschieht. Ich kann mich nicht leiden in diesem Moment. Aber ich bin nicht in der Lage, etwas an meinem Verhalten zu ändern. Es ist ein bisschen so, als wäre ich gar nicht ganz ich selbst.

Matt sieht mich nur an und sagt nichts. Er scheint gerade völlig überfordert zu sein und ich kann es ihm nicht verdenken. Ich kann mich selbst nicht stoppen. Ein letztes Fünkchen Verstand in mir versucht mir gut zuzureden und mir klar zu machen, dass man so eine Situation besser klärt, indem man die Ruhe bewahrt. Ich brülle daraufhin so laut, dass ich meinen Verstand einfach überhören kann.

„Da, sieh hin!“, schreie ich also Matt an, während ich meinen Bildschirm zum Leben erwecke, damit er das Bild sehen kann. Als er es anschaut, wird er ein bisschen blass. Für mein von Wut und Verzweiflung benebeltes Hirn ist dies Grund genug, ihn für schuldig zu erklären.

„Dann stimmt es? Du hattest noch etwas mit dieser hohlen Fick-mich-Puppe, als wir uns schon kannten?“ Ich stelle ihm zwar Fragen, lasse ihn aber nicht antworten. „Raus hier!“, brülle ich sofort weiter und zeige auf die Tür. Ich schäme mich für mein Verhalten, doch ich kann mich einfach nicht beruhigen. Wie ein geprügelter Hund schleicht sich Matt zur Tür, die ich hinter ihm zuschlage und abschließe. Dann breche ich weinend zusammen.

„Sophie …“, höre ich Matts hilflose Stimme durch die verschlossene Tür, „ich hatte nie etwas mit Chelsea. Ich wusste ja nicht einmal, dass sie so heißt! Sie ist nur ein durchgeknallter Fan. Bitte Sophie, lass mich wieder rein!“

„Verpiss dich! Verschwinde endlich und lass mich in Ruhe!“, schreie ich zurück, obwohl ich hoffe, dass er bleibt.

Aber er geht. Ich kann seine zögerlichen Schritte auf der Treppe hören und dann bin ich alleine. Ganz alleine. Ich weine hemmungslos, so lange, bis ich keine Luft mehr bekomme und gezwungen bin, mit der Heulerei wieder aufzuhören.

Nachdem sich meine Atmung wieder halbwegs normalisiert hat, versuche ich Lukas anzurufen. Doch er ist weder auf dem Festnetz noch auf dem Handy erreichbar.

Mich packt eine solche Sehnsucht nach meinem Zuhause, nach meinem Bruder und nach der Sicherheit meines Lebens, bevor es Matt darin gegeben hat, dass ich beginne, im Internet nach Heimflügen zu suchen. Aber heute ist nichts mehr verfügbar, frühestens in drei Tagen wieder.

Froh über mein eigenes kleines Badezimmer, das an mein Zimmer angeschlossen ist, ziehe ich mich aus und stelle mich unter die Dusche. Ich schlinge meine Arme fest um meinen Oberkörper und lasse das warme Wasser auf mich herabrieseln. Als könnte es die menschliche Wärme und Nähe ersetzen, die ich gerade dringend brauchen würde. Ohne mich zu bewegen, bleibe ich so lange stehen, bis meine Haut anfängt, schrumpelig zu werden. Dann erst klettere ich aus der Dusche und trockne mich ab. In ein Handtuch gehüllt gehe ich langsam zu meinem Schrank. Als mir die Unterwäsche in die Hände fällt, die Matthew mir geschenkt hat, lache ich bitter auf. Ich ziehe sie trotzdem an. Genau wie einen der Pyjamas. Und den Stoffhund nehme ich auch in den Arm.

Ich ziehe mein Sofa aus und beziehe Decken und Kissen. Obwohl ich mich so erschöpft und fertig fühle, kann ich mich nicht dazu durchringen, mich alleine ins Bett zu legen. Stattdessen setze ich mich auf meinen Schreibtischstuhl und starre aus dem Fenster. Ich schaue mir den Himmel an, der immer dunkler und dunkler wird, bis irgendwann einsam der Mond in Form einer schmalen Sichel aufgeht. Meine Knie habe ich eng an meinen Körper gezogen und meine Arme darumgeschlungen, wie in einem Versuch mich selbst zu umarmen. Ich weiß nicht, wie lange ich so da sitze und starr nach draußen schaue, aber es ist stockdunkel, als ich Matthews Schritte auf der Treppe höre.

Vor meiner Zimmertür verstummen sie und mit einer kleinen Verzögerung, als hätte er sich das erst ein Weilchen überlegen müssen, klopft Matt schließlich an meine Tür.

„Sophie, lässt du mich rein?“ Er hört sich verunsichert an. Und traurig.

Vermutlich würde ich ihn gerne reinlassen. Genau genommen würde ich gerade sogar nichts lieber tun, als diese verdammte Tür aufzumachen, ihn hereinzulassen und mich in seine Arme zu werfen. Aber irgendetwas hindert mich daran. Statt die Tür zu öffnen, lasse ich mich von innen dagegen sinken. Ich kann Matts Atem durch die Tür hindurch hören.

„Bitte, Sophie! Dann hör mir wenigstens zu, ja? Diese Frau auf dem Foto … sie ist ein durchgeknallter Fan. Es gibt viele Fans, auch weibliche, die ihr Glück immer wieder mal versuchen. Doch sie war regelrecht besessen von mir und hat mir überall aufgelauert. Kurz bevor du hergekommen bist, habe ich ihr gedroht, sie wegen Belästigung anzuzeigen, wenn sie keine Ruhe gibt. Und seit du hier bist, habe ich sie nicht mehr gesehen. Sophie, bitte! Du musst mir glauben! Sie ist doch gar nicht mein Typ. Sie kann doch kaum bis drei zählen. Du traust mir doch nicht wirklich zu, dass ich mit so einem Blödchen etwas anfange!" Er macht eine kurze Pause und wartet vermutlich auf eine Reaktion meinerseits. Aber ich bleibe schweigend sitzen und gebe keinen Mucks von mir. Auch Matt sagt nun nichts mehr. Eine ganze Weile sitzt er auf der anderen Seite der Tür. Dann höre ich ihn tief seufzen.

„Du bist mir so wichtig, Sophie. Und ich wünschte, du würdest mir ein bisschen mehr vertrauen."

Dann höre ich, wie er aufsteht und die Treppe hinuntergeht. Meine Augen füllen sich erneut mit Tränen.

Kapitel 16

Nachdem ich mich irgendwann dazu überwunden habe, mich endlich hinzulegen, kann ich nicht einschlafen. Nicht bei ihm zu sein, nicht bei Matt zu liegen, obwohl er hier und mir so nahe ist, fühlt sich falsch und widerlich an.

Unruhig drehe ich mich von einer Seite auf die andere, doch Ruhe finden kann ich keine.

Ich weiß nicht, warum ich vorhin so wütend geworden bin, so enttäuscht gewesen bin und ihm nicht geglaubt habe.

Vielleicht sitzen die Verletzungen aus meiner Vergangenheit einfach zu tief, um mich von so etwas nicht treffen zu lassen. Ich habe ja ohnehin Schwierigkeiten, Männern zu vertrauen. Und wenn dann solche Dinge wie heute dazu kommen … dann wird das dauerhafte, unterschwellige Misstrauen in mir mit Gewalt an die Oberfläche gezerrt und zum Leben erweckt.

Warum nur glaube ich Chelsea mehr als Matt? Ich kenne sie ja kaum und das alles ergibt überhaupt keinen Sinn. Und selbst wenn sie die Wahrheit sagen würde: Matt hätte ja tun und lassen können, was er wollte. Ich habe schließlich immer viel Energie darauf verwendet, ihm klarzumachen, dass wir keine Beziehung führen.

Dass ich jetzt hier liege, frustriert, enttäuscht, aufgewühlt, den Tränen nahe und vor allem allein, habe ich genau genommen nur einer einzigen Person zuzuschreiben. Nämlich mir selbst.

Ich fühle mich so energielos, so verzweifelt und so entsetzlich alleine in diesem Moment, dass ich einfach nicht mehr weiter weiß.

Im Prinzip wäre es ja ganz einfach. Ich könnte aufstehen und zu ihm gehen. Ich könnte mich in seine starken Arme kuscheln und ihm sagen, dass es mir leid tut. Und alles wäre wieder in Ordnung. Ja, ich *könnte*. Theoretisch. Wenn da nur nicht mein verdammter Stolz im Weg wäre. Erst einen Aufstand proben und dann angekrochen kommen ist nicht unbedingt das, was ich mir unter einem gelungenen und glaubwürdigen Auftritt vorstelle.

Andererseits ist es doch auch bescheuert, sich zu quälen, nur weil man meint, man würde sonst sein Gesicht verlieren. Alles, was ich will, ist, dass meine kleine Welt wieder ins Gleichgewicht kommt. Ich will, dass zwischen Matt und mir alles wieder in Ordnung ist. Würde er mich in Zukunft weniger ernst nehmen, wenn ich jetzt zu ihm gehe? Vermutlich würde es keine Rolle spielen. Und würde es ihm und mir besser gehen, wenn ich es schaffe, über meinen Schatten zu springen? Ganz eindeutig: ja!

Tief seufzend schlage ich entschlossen die Bettdecke zur Seite und stehe auf. Ich sehne mich nach Matt. Nach seiner Nähe, seiner Wärme, seinem Geruch. Nach dem Gefühl von Geborgenheit, das ich immer habe, wenn er bei mir ist.

Barfuß laufe ich die Treppe hinunter und tappe durch Empfangssalon und Küche. Als ich die kleine Wendeltreppe, die zu seinem Schlafzimmer führt, bis zur Hälfte hinter mich gebracht habe, bekomme ich plötzlich Zweifel. Was ist, wenn er jetzt wütend auf mich ist und sich gar nicht freut, wenn ich zu ihm komme, sondern mich abweist? Zögerlich bleibe ich stehen und überlege, ob ich lieber wieder umkehre und zurück in mein Zimmer flüchte.

Ich fühle mich in meiner innersten Seele gerade so wund und verletzlich, dass ich nicht weiß, was es mit mir machen würde, wenn er mich jetzt verstößt. Vielleicht ist es besser, ich kehre um. Während ich mich langsam umdrehe, nehme ich am oberen Ende der Treppe ein leises Geräusch wahr.

Als ich hochblicke, sehe ich Matt vor seiner Schlafzimmertür stehen. Er trägt nichts außer einem Paar enger, grauer Boxershorts und er streckt die Hände nach mir aus, als er mich sieht.

„Mein Mädchen!“, seine Stimme klingt weich und tief und als ich nach seinen ausgestreckten Händen greife, zieht er mich fest an sich. Mein Gesicht schmiege ich an die festen Muskeln seiner Brust und atme seinen betörenden, vertrauten Duft tief ein. Ich spüre ihn Luft holen, um irgendetwas zu sagen. Aber ich will jetzt nichts hören. Ich will jetzt nicht reden. Ich will ihn einfach nur spüren, mich an seiner Nähe berauschen! Sanft und entschieden lege ich ihm einen Finger auf die Lippen, um ihn dann zu küssen. Matt erwidert meinen Kuss voller Zärtlichkeit und Hingabe. Ich schlinge meine Arme um seinen Hals, presse mich noch enger an seinen Körper.

„Sophie …“, flüstert er heiser und hebt mich hoch, trägt mich mühelos ins Schlafzimmer und legt mich sanft auf dem Bett ab. Einen Moment lang bleibt er stehen und betrachtet mich, bevor er sich neben mich legt und mich auf sich zieht. Seine Arme umschlingen mich und er küsst mich wieder, zart und beinahe schon unsicher. Er streichelt mein Gesicht, seine Berührung ist kaum mehr als der Hauch eines Schmetterlingsflügels. Wie von selbst verschwindet das Oberteil meines Pyjamas und meine nackte Haut darunter kommt zum Vorschein. Fast synchron seufzen wir auf, als nackte Haut auf nackte Haut trifft. Unsere Münder können nicht voneinander lassen und alles um mich herum löst sich auf in süßer Hingabe und zärtlichem Begehren. Für diesen Augenblick gibt es keine Sorgen, keine Ängste mehr. Alles, was ich noch spüre und jeder Gedanke, der in meinem Kopf ist, besteht nur noch aus Matthew und der Liebe, die ich für ihn empfinde. Als er am Bund meiner Hose zerrt, hebe ich das Becken ein wenig an, um ihm das Ausziehen zu erleichtern und als ich mich wieder auf ihn sinken lasse, stelle ich fest, dass auch er nun völlig nackt ist. Ich berausche mich an seinem Duft, an der heilsamen Wärme seines Körpers, die sich tröstend um meine aufgewühlte Seele zu legen scheint. Ich schwelge in seiner Nähe, spüre seinen Herzschlag, der im Gleichklang mit meinem schlägt, als er langsam in mich eindringt. Fest umschlungen hält er mich auf seinem Körper fest und beinahe gemächlich wiegen wir einander in lustvoller Umarmung, gehen völlig ineinander auf, bis wir gemeinsam zu einem langsamen und gleichermaßen intensiven Höhepunkt kommen, während unsere Münder das Stöhnen des anderen verschlucken.

Kapitel 17

Eigentlich will ich immer noch nicht reden, sondern einfach nur Matts Nähe genießen. Mich daran erfreuen, dass zwischen uns wieder alles in Ordnung ist. Doch Matt will reden. Und ich habe das Gefühl, es ihm schuldig zu sein, ihm Gehör zu schenken. Ich schäme mich ein bisschen, weil ich heute so ausgerastet bin, weil ich einer Fremden mehr Vertrauen entgegengebracht habe als meinem Partner, dem Mann, den ich liebe.

An seine nackte Brust geschmiegt, liege ich mit ihm im Bett. Seine Hände streicheln abwechselnd mein Haar und fahren den Verlauf meiner Wirbelsäule nach, während er erzählt.

„Ich hätte schon längst mit dir darüber reden sollen, Sophie, irgendwie hat es sich nie richtig ergeben. Wenn ich ehrlich bin, habe ich genossen, dass dir nicht klar war, wie bekannt ich hier bin. Bei dir konnte und kann ich immer einfach nur Matt sein. Du hast nur mich gesehen und nicht den Footballstar mit dem vielen Geld. Ich musste dich nicht erst davon überzeugen, dass ich trotzdem ein ganz normaler Mensch bin.“

Ich lache leise an seiner Brust. „Stimmt. Du musstest mich stattdessen erst einmal davon überzeugen, dass du überhaupt ein Mensch bist und nicht nur ein primitiver, degenerierter Neandertaler. Hättest du es mal mit Geld versucht, das wäre bestimmt leichter. Ich bin auch nur eine Frau und die meisten

Frauen stehen auf Geld, weißt du … mehr als auf Steinzeitmenschen!“ Matt lacht auch und verpasst mir einen spielerischen Klaps auf den Hintern, den ich mit einem empörten Quietschen quittiere.

„Im Ernst, Sophie!“ Er küsst meinen Scheitel. „Wir müssen das jetzt klären, ansonsten haben wir in Zukunft ständig solche Probleme.“

„Ich bin ja schon brav“, murmele ich reumütig an seiner Brust, was bei ihm erneut ein leises Lachen auslöst.

„Das bist du doch nie“, haucht er leise und küsst meine nackte Schulter, bevor er fortfährt. „Ich weiß nicht, ob du dich für Klatsch und Tratsch sonderlich interessierst. Doch selbst wenn nicht, bekommst du bestimmt trotzdem mit, wie viel Blödsinn über Menschen geschrieben wird, die im Rampenlicht stehen. Und es gibt immer völlig durchgeknallte Fans. Unser Teambesitzer möchte das Image aufrechterhalten, dass wir eine Mannschaft zum Anfassen sind. Er hat sogar eine eigene Sportkneipe, in der wir uns laut Vertrag mindestens zweimal im Monat sehen lassen müssen, damit unsere Fans das Gefühl haben, wirklich dazuzugehören. Dort ist übrigens auch das Bild mit Chelsea entstanden. Sie war eine ganze Zeit lang immer da, wenn ich auch da war. Sie hat sich in mich verliebt und mit Sicherheit hätte sie sich auf alles eingelassen, was ich ihr vorgeschlagen hätte, auch auf eine Affäre. Das mag jetzt absolut überheblich klingen, aber es gibt genug Frauen, die sich gerne auf eine Affäre mit mir einlassen würden. Und wenn mir danach gewesen wäre, dann hätte ich mir mit Sicherheit nicht Chelsea dafür ausgesucht. Ich habe mich nicht viel mit ihr unterhalten, sogar die kurzen Augenblicke haben ausgereicht, um hinterher Kopfschmerzen zu haben. Ich mag es, wenn Frauen ein bisschen was auf dem Kasten haben und nicht doof wie Brot sind. Ich weiß, dass ich gemein bin, aber sein wir mal ehrlich: Chelsea gehört zu denen, die sich einzig und allein auf ihr gutes Aussehen verlassen. Und in ihrem Kopf herrscht nichts als gähnende Leere, durchzogen von ein paar Fetzen wirrer, realitätsferner Gedanken. Das alles klingt, als wäre ich ein selbstverliebter, angeberischer, aufgeblasener Idiot und vielleicht bin ich das sogar. Doch Fakt ist, dass es auch intelligente Frauen gibt, die sich für mich interessieren. Und wenn ich mir eine für eine Affäre suchen sollte, dann wäre das mit Sicherheit nicht Chelsea."

Matt legt eine Pause ein und ich bekomme die Gelegenheit, das von ihm gerade Gesagte zu verarbeiten. Ich weiß nicht, ob es mich wirklich beruhigen kann. Oder ob ich mir von nun an noch viel mehr Sorgen machen werde, wenn er ohne mich unterwegs ist.

Meine Sorgen offenbar erahnend, zieht Matt mich noch ein bisschen fester in seine Arme.

„Mach dir nicht so viele Gedanken, Sophie. Meine wilden Zeiten sind schon lange vorbei, ich bin in den letzten Jahren ziemlich ruhig geworden. Die Jungs haben mir manchmal schon unterstellt, ich sei vielleicht impotent geworden und eine Zeit lang haben sie mich immer ‚Der Mönch' genannt. Und das nicht, weil ich so oft beten gehe. Ich hatte echt keinen Bock mehr auf Sex mit irgendwelchen Frauen, die in Wahrheit doch nur an mein Geld wollen. Schon ziemlich lange nicht mehr. Und seit ich dich kenne, habe ich nicht einmal mehr einen Gedanken an eine andere Frau verschwendet. Beweisen kann ich dir das natürlich nicht. Du wirst mir vertrauen müssen. Es wird immer mal wieder jemanden geben, der Gerüchte über eine Liaison mit wem auch immer streut. Trotz meiner Zurückhaltung diesbezüglich gab es immer wieder jede Menge Gerüchte. Wenn ich mit all den Frauen auch tatsächlich etwas gehabt hätte, mit denen es mir das unterstellt worden ist … glaub mir, ich hätte meine Karriere als Sportler an den Nagel hängen müssen, um das Pensum erfüllen zu können."

Er schweigt wieder einen Atemzug lang und dann küsst er mich.

„Aber du, Sophie, du weißt, dass ich kein Mönch bin, oder? Bei dir würde ich es keinen Tag lang mehr schaffen, mich zurückzuhalten. Ich bin völlig süchtig nach dir. Ich bin dir verfallen." Verspielt zieht er meine Unterlippe zwischen seine Zähne, um sanft daran zu knabbern.

„Ich bin mir nicht ganz sicher … ich glaube ja immer noch an die Theorie mit den Potenzproblemen … und es ist auch schon solange her, ich kann mich kaum daran erinnern, ob es stimmt oder nicht …" Frech hebe ich die Bettdecke hoch, um einen demonstrativen Blick auf seinen Phallus zu werfen, dessen Zustand meine Worte allerdings schon Lügen straft. Ich lächele bei diesem Anblick und es dauert nur wenige Sekunden, bis Matt mir unter vollem Körpereinsatz beweist, dass er unter vielem leiden mag, Potenzprobleme allerdings ganz sicher nicht dazugehören.

Kapitel 18

„Ich würde heute gerne meine Eltern mit dir besuchen fahren“, sagt Matt beim Frühstück ganz beiläufig, etwa so, als würde er mir mitteilen, dass er am folgenden Tag fünf Minuten später nach Hause kommen wird.

Als die Botschaft in meinem Gehirn angekommen ist und verarbeitet wurde, verschlucke ich mich an meinem Kaffee. Es gelingt mir nur mühsam, ihn nicht durch die Nase wieder von mir zu geben.

„Du willst bitte was?“

Er kann gerade nicht wirklich gesagt haben, was ich verstanden zu haben glaube!

Ein kleines, wölfisches Lächeln umspielt Matthews Mundwinkel, als er den Kopf ein wenig zur Seite neigt und mich amüsiert anschaut.

„Ich habe gesagt, ich möchte gerne meine Eltern mit dir besuchen. Heute. Immerhin wohnst du schon mehrere Wochen bei mir und wir waren schon zusammen in der Zeitung. Meine Mutter ist bereits ganz beleidigt, dass ich dich noch nicht bei ihnen vorgestellt habe.“ Sein Grinsen wird breiter, während er immer noch aufmerksam mein Gesicht mustert. „Du hast doch nicht etwa Schiss, Sophie?“ Entspannt nippt er an seinem Kaffee.

„Natürlich nicht!“ Das ist natürlich gelogen. „Ich wüsste auch gar nicht, warum.“ Das ist natürlich auch gelogen. „Deine Eltern werden ja wohl nicht beißen, oder?“ Natürlich werden sie das nicht. Aber mich von Kopf bis Fuß mustern zu lassen und neugierige Fragen gestellt zu bekommen und sich zu fühlen, als müsse man eine Prüfung bestehen, ist auch nicht gerade angenehm. Wenn ich genau darüber nachdenke, würde ich mich beinah lieber von ihnen beißen lassen.

Eine dreiviertel Stunde und fünf Outfits meinerseits später sitze ich neben Matt im Auto. Ich bin total nervös und kann mich gerade noch so davon abhalten, meine Fingernägel abzuknabbern. Stattdessen falte ich artig meine Hände in meinem Schoß zusammen und schaue angestrengt aus dem Fenster. Die Gegend hier ist wunderschön! Wir sind außerhalb der Stadt und es wird alles immer ländlicher um uns herum.

So ganz genau weiß ich selbst nicht, warum ich so nervös bin. Ich bin noch nie bei irgendwelchen Eltern vorgestellt worden. Noch nie! Und ich habe keine Ahnung, wie ich wohl auf Matts Eltern wirken werde. Letztendlich könnte mir ja auch egal sein, was sie über mich denken, aber es sind eben nicht irgendwelche fremden Leute, sondern die Eltern des Mannes, den ich liebe. Ich fühle mich, als würde ich kurz vor einer schweren Prüfung stehen, für die ich viel zu wenig gelernt habe.

Einer plötzlichen Eingebung folgend drehe ich mich wieder zu Matt hin und schaue ihn an.

„Wann genau hast du das heutige Treffen eigentlich mit deinen Eltern vereinbart, Matt?“ Fragend ziehen sich meine Augenbrauen nach oben.

„Vor ungefähr zwei Wochen.“ Beinahe gleichgültig scheint Matt konzentriert auf die Straße vor uns zu schauen, doch ich kann das kleine Funkeln in seinen Augen erkennen.

Ich räuspere mich leise.

„Was ist denn, Sophie?“ Mit gespielter Unschuldsmiene schaut Matt kurz zu mir.

„Du hast schon vor fast zwei Wochen mit deinen Eltern dieses Treffen vereinbart?“

„Habe ich.“ Er schenkt mir ein perfektes Zahnpastalächeln.

„Und du erzählst es mir erst heute?“ Wenn im Auto mehr Platz wäre, würde ich jetzt meine Hände in die Hüften stemmen.

„Ja, erst heute!“ Er grinst breit und etwas ernster fährt er dann fort: „Warum solltest du dich zwei Wochen lang deswegen verrückt machen? Die anderthalb Stunden heute reichen doch schon völlig aus.“ Ein kurzes Schulterzucken von ihm folgt.

„Ich hätte es trotzdem schon gerne vorher gewusst“, murmele ich ein bisschen beleidigt.

Aber hätte ich das wirklich? Höchstwahrscheinlich hat Matt recht und ich hätte mich wirklich schon Tage vorher fertiggemacht. Ich ärgere mich über mich selbst, dass ich mit solchen Dingen nicht etwas gelassener umgehen kann und seufze tief.

„Hätte ich deinen Eltern vielleicht etwas mitbringen müssen?" Der Gedanke lässt mich regelrecht zusammenzucken.

„Blumen für meine Mutter und eine Flasche Wein für meinen Vater wären schon ganz schön gewesen", gibt Matt ganz ernst zurück. Als er in mein entsetztes Gesicht blickt, fängt er lautstark an zu lachen. „Sophie, das war ein Scherz. Meine Eltern sind nicht so altmodisch und alles, was sie wollen, ist dich kennenzulernen und keine Geschenke. Obwohl ich gerne in ihre erstaunten Gesichter geschaut hätte, wenn du wirklich Blumen und Wein mitgebracht hättest!"

Schön, dass du dich auf meine Kosten amüsierst, du Arsch!

Matt scheint Gedanken lesen zu können. Er legt beschwichtigend seine Hand auf mein Bein und drückt es sanft.

„Bitte entschuldige den blöden Scherz. Ich weiß, das ist leichter gesagt als getan. Aber versuch einfach nicht soviel nachzudenken. Meine Eltern werden dich mögen. Ich bin mir da absolut sicher!"

„Dein Wort in Gottes Ohr!" Ich lächele nervös und habe dann gar keine Zeit mehr, mir weiterhin Gedanken zu machen. Denn Matt setzt den Blinker und wir fahren über eine mit Kies bestreute Einfahrt auf ein hübsches, rotes Häuschen zu.

Wir haben noch nicht einmal angehalten, als schon die Haustür aufgeht und eine lächelnde Frau auf das Auto zukommt, während sie sich ihre Hände an einer blau karierten Schürze abwischt

Kapitel 19

Mit leicht zittrigen Händen greife ich nach der Autotür, um sie zu öffnen, als ich Matts Hand auf meinem Arm spüre, die mich noch kurz aufhält. Irritiert schaue ich ihn an, während er meine Hand nimmt und mir einen Kuss auf meine Handfläche haucht.

„Ich bin bei dir, Sophie, okay? Sie werden dich mögen, ich bin mir ganz sicher. Und wenn meine Eltern wider Erwarten gemein zu dir sein sollten, dann verspreche ich dir hiermit hoch und heilig, dass wir umgehend nach Hause fahren. Und du nie wieder ein Wort mit meiner Familie zu wechseln brauchst. In Ordnung?“

Lächelnd nicke ich und küsse seine Fingerknöchel. „In Ordnung. Ich danke dir.“

„Nichts zu danken.“ Noch einmal küsst er meine Hand. „Und jetzt komm. Ich könnte wetten, dass meine Mutter genauso nervös ist, wie du es bist. Ich habe schon seit Jahren keine Frau mehr mit nach Hause gebracht. Genau genommen habe ich das noch nie.“

Ich komme gar nicht mehr dazu, genauer über seine Worte nachzudenken. Denn kaum, dass ich aus dem Auto ausgestiegen bin, ist Matts Mutter schon bei mir, greift nach meiner Hand und umschließt sie mit ihren beiden.

„Willkommen, Sophie! Ich bin Laura.“ Sie spricht Deutsch mit mir, akzentfrei, aber mit dieser leicht abweichenden Betonung der Worte und der leicht anderen Sprechmelodie, die Menschen haben, die sich meist in einer anderen Sprache unterhalten.

„Hallo Laura!“ Ich bringe ein nervöses Lächeln zustande und Matts Mutter lächelt genauso nervös zurück. Wir schauen uns beide ins Gesicht, entdecken dort die Nervosität der jeweils anderen und müssen beide anfangen zu lachen. Befreiend, nicht peinlich.

Matt legt mir seinen Arm um die Schultern und küsst meine Schläfe.

„Ich sehe schon, das wird der Beginn einer wunderbaren Freundschaft. Demnächst kann ich mich warm anziehen, weil ihr zwei euch ständig gegen mich verbündet!“ Seine Augen funkeln dabei allerdings so gut gelaunt und zufrieden, dass ich davon ausgehe, dass ihm das nicht wirklich etwas ausmachen würde.

Laura verpasst Matt einen kleinen Klaps auf den Oberarm und schiebt uns dann lachend ins Haus.

Innen ist alles gemütlich und geschmackvoll eingerichtet. Helles Holz, Kissen und Gardinen mit Rosenmuster in Pastelltönen. Und Bücher, jede Menge Bücher. Ganze Regale stehen voll damit und überall liegen welche herum. Ich strecke meine Hand aus, um über ein paar Buchrücken zu streichen.

Gerne würde ich stehen bleiben und am besten den Rest des Tages mit diesen Unmengen von Büchern verbringen. Aber Matts Vater, der in genau diesem Moment das Zimmer betritt, macht mir einen Strich durch die Rechnung. Fasziniert halte ich in meiner Bewegung inne. Er sieht aus wie Matt, nur in einer älteren

Ausgabe. Die gleichen strahlend blauen Augen und das gleiche strahlende Zahnpastalächeln blicken mir gut gelaunt entgegen.

„Hi, ich bin Arthur. Matthews Dad." Er streckt mir seine Pranke entgegen und ergreift meine Hand dann mit einem angenehm festen Händedruck.

„Ich bin Sophie." Ich lächele ihn an.

„Wir haben schon viel von dir gehört. Und ich kann dir kaum sagen, wie entzückt wir sind, dass unser Sohn wenigstens eine Frau mit ins Haus bringt, die sich für Literatur interessiert! Ich bin bis heute fest davon überzeugt, dass Matt nur aus einer pubertären Krise, bei der es darum ging, seine Eltern zu schockieren, mit dem Football angefangen hat. Und ich kann dir versichern, dass es gut funktioniert hat. Wir hätten uns ja eher den schulischen Theater- oder Literaturklub für unseren Sohn ausgesucht. Und keinen brutalen und primitiven Sport wie Football!" Er wirft Matt einen gespielt bösen Blick zu, den dieser mit einem grinsenden Schulterzucken quittiert.

„Mein Vater wäre gerne Professor für Literaturwissenschaften geworden. Er behauptet immer, dass meine Mutter mit mir schwanger wurde, hat ihm dabei einen Strich durch die Rechnung gemacht. Meine Mutter hingegen behauptet, es hätte so oder so nur zum Englischlehrer gereicht!"

„Genau genommen war Arthur schon Englischlehrer, als ich schwanger geworden bin, aber das verschweigt er gerne. Sein Abschluss war nämlich viel zu schlecht, um …"

„Ähm, wir wollen Sophie doch nicht mit solchen Geschichten langweilen", wird Matts Mum von seinem Dad unterbrochen. „Biete den Kindern doch lieber etwas zu trinken an, Laura!"

Alle lachen und ich habe das Gefühl, dass diese Geschichte nicht zum ersten Mal so wie gerade abgelaufen ist, als wäre es ein gern gespieltes Spiel.

Als wir dann in der großzügigen Wohnküche sitzen, stelle ich fest, dass meine Nervosität sich schon ein gutes Stück gelegt hat.

Der Tag verläuft fröhlich und ausgelassen, ich werde keinem Verhör unterzogen, trete in kein Fettnäpfchen und werde auch von niemandem gebissen. Matt sitzt die ganze Zeit über strahlend neben mir. Immer wieder legt er den Arm um meine Schultern, nimmt meine Hand oder legt die seine auf mein Bein. Und ich könnte schwören, dass er fast ein bisschen Stolz ist. Sowohl auf mich als auch auf seine Eltern.

Matts Mutter serviert einen köstlichen Braten und ein noch viel köstlicheres Pflaumencrumble mit Vanilleeis zum Nachtisch und die Zeit vergeht viel schneller als ich befürchtet hatte.

Es fängt schon an dunkel zu werden, als wir uns auf den Heimweg machen. Die ganze Rückfahrt über sitze ich still neben meinem zufrieden lächelnden Matt im Auto.

Irgendwann biegt er in einen kleinen Feldweg ein. Draußen ist mittlerweile fast alles Tageslicht verschwunden. Hinter einem kleinen Wäldchen hält er an, stellt den Motor ab und schaltet das

Licht aus. Nur in der Ferne erkennt man noch ein schwach beleuchtetes Farmhaus.

„Was hast du vor?“, frage ich ihn erstaunt über die Unterbrechung der Fahrt.

Matt grinst diabolisch. „Das hier!“ Mit beiden Händen umfasst er meine Hüfte und zieht mich auf sich, bis ich rittlings auf seinem Schoß sitze.

„Ich hasse es, wenn den ganzen Tag andere Menschen um uns herum sind und ich nicht mit dir anstellen kann, was ich will“, flüstert er rau in mein Ohr. Dann beginnt er, mich zu küssen. Gier, Liebe und Glück, das alles liegt in seinem Kuss und ich stöhne an seinem Mund leise auf. Knopf für Knopf öffnet er meine Bluse und streichelt die darunter erscheinende nackte Haut. Ich kralle mich in seinem Haar fest und kann gar nicht wieder damit aufhören, ihn immer weiter zu küssen.

Matt streichelt meine Schultern, meine Schlüsselbeine und meinen Bauch. Als sich seine Hände von dort aus weiter nach oben bewegen und bei meinen Brüsten ankommen, halte ich kurz die Luft an. Leider lässt er meine Brüste ziemlich schnell wieder los und versucht meine Hose zu öffnen. Um ihm den Zugang zu erleichtern, stütze ich mich hoch und lehne mich ein bisschen zurück. Leider merke ich zu spät, dass das Lenkrad im Weg ist. Als plötzlich die Hupe losgeht, bin ich so erstaunt, dass ich mich erst einmal einen Moment vor lauter Schreck gar nicht mehr bewege. Während sich tot zu stellen sicher für ein Kaninchen eine gute Taktik sein mag, ist es, wenn man mit seinem Körper die Hupe des Autos auslöst, nicht wirklich eine kluge Idee, in genau dieser Position weiter zu verharren. Es dauert mehrere Sekunden, bis auch Matt kapiert, was passiert und mich wieder nach vorne reißt. In der Zwischenzeit geht in dem Haus vor uns das Licht an und auch der Bereich um die Farm herum ist plötzlich taghell erleuchtet.

„Scheiße!“ Unsanft schiebt Matt mich zurück auf dem Beifahrersitz. „Schnall dich an!“ Noch bevor ich seinem Befehl Folge leisten kann, startet Matt den Motor und gibt Gas – und zwar im Rückwärtsgang, weil auf dem engen Feldweg keine Wendemöglichkeit besteht. Als ich mit zittrigen Händen meinen Anschnallgurt geschlossen habe und wieder Zeit habe, meine Konzentration auf das zu richten, was außerhalb des Autos geschieht, nehme ich wahr, warum er es plötzlich so eilig hat. Und was ich sehe, kann ich zunächst gar nicht glauben. Aus der Farm kommt ein Opa in Unterhose, Pantoffeln … und in der Hand …

„Scheiße Matt! Ist das eine Schrotflinte, die der da in der Hand hat?!“

„Ja, verdammt“, stößt Matt zwischen zusammengebissenen Zähnen hervor, während er, immer noch so schnell es nur geht, rückwärts fährt. Die ganze Situation wirkt merkwürdig surreal und ich glotze weiterhin auf den halbnackten, rennenden Opa mit der Waffe in der Hand, der immer näherkommt. Irgendwann halte ich mir die Augen zu.

„Er wird schon nicht schießen, Sophie!“

„Nein, dass nicht, aber … ihm ist sein bestes Stück aus der Unterhose gerutscht und schlackert unschön beim Laufen!“

Matt reißt den Wagen herum, sodass er jetzt wieder mit Vollgas geradeaus fahren kann.

„Sophie, da war ein Typ, der uns mit einer Schrotflinte bedroht hat. Und du hältst dir wegen seines Gemächts, das unschön schlackert, die Augen zu?“ Er bricht in schallendes Gelächter aus und ich stimme ein. Es dauert ziemlich lange, bis wir wieder aufhören können zu lachen.

Nachdem wir uns irgendwann wieder beruhigt haben, sitzen wir eine Weile einfach in friedlichem Schweigen nebeneinander. Es ist Matt, der die Ruhe schließlich unterbricht.

„Meine Eltern mögen dich. Und zwar sehr!“, sagt er zu mir.

„Schön“, erwidere ich. „Ich mag deine Eltern nämlich auch.“

Ich bin glücklich, jedoch völlig erledigt. Ich fühle mich total ausgelaugt und ich friere furchtbar. Es dauert nicht lange, bis ich tief und fest im Auto eingeschlafen bin und ich werde nur ganz kurz wieder wach, als Matt mich ins Haus und ins Bett trägt.

Kapitel 20

Mein Plan für heute wäre gewesen, mir das erste Footballspiel meines Lebens anzusehen. Und das natürlich mit meinem Freund als Star des Spieles und alles live und gleich vor Ort. Matt hat mir sogar ein Trikot mit seinem Namen und seiner Spielernummer geschenkt, damit ich zu diesem Anlass auch angemessen gekleidet bin.

Aber statt im Stadion zu sitzen und mich von der Atmosphäre dort berauschen zu lassen, sitze ich hier vor dem Fernseher. Mit fast 39°C Fieber. Ich habe Matt den halben Tag bekniet, doch mitkommen zu dürfen. Schließlich hat er entnervt seinen Arzt angerufen, der mir einen Hausbesuch abgestattet hat. Als ich aufstehen wollte, um ihn zu begrüßen und dabei mein Kreislauf schlappgemacht hat und ich hingefallen wäre, wenn Matt mich nicht aufgefangen hätte, habe ich dann selbst eingesehen, dass es wohl keine so gute Idee ist, heute irgendwo hinzugehen.

Der Arzt konnte neben dem Fieber nichts feststellen. Dafür hätte er nicht herkommen brauchen, denn das hatte mir das Fieberthermometer zuvor auch schon verraten.

Ich glaube, dass mein Fieber vom Stress der letzten Tage kommt. Schon als Kind habe ich so reagiert, wenn mir alles ein bisschen viel geworden ist. Die Sache mit Chelsea hat mich alles andere als kalt gelassen. Und der Besuch bei Matts Eltern war – so schön es auch war – trotzdem wahnsinnig anstrengend für mich. So wie eigentlich alles in der letzten Zeit. Auch der Trubel mit der Presse ist nicht ganz spurlos an mir vorbeigegangen. Matt hat mich überredet, nach Möglichkeit einfach gar keine Artikel über mich oder ihn oder uns beide zu lesen, weil ständig irgendwelcher Mist geschrieben wird. All das war anstrengend für mich. Und nun zwingt mein Körper mich zu einer Pause, die ich mir von selbst nicht gegönnt hätte.

Ich weiß ganz genau, dass Matt die Schuld bei sich suchen würde und ein schlechtes Gewissen hätte, wenn ich ihm davon erzählen würde. Weil er denken würde, dass er mir vielleicht zu viel zugemutet hat. Also erzähle ich ihm nur, dass ich ein bisschen Halsschmerzen habe und zu hohem Fieber neige. Dennoch hat er eine besorgte Miene, als er das Haus verlässt, um zu seinem Heimspiel zu fahren. Nur mit Mühe habe ich ihn davon abhalten können, seine Mutter anzurufen, damit sie herkommt, um auf mich aufzupassen. Das hätte mir gerade noch gefehlt! Nicht, dass ich seine Familie nicht mögen würde, aber gerade weil es mir nicht gut geht, möchte ich seine Mutter nicht hier haben. Ich will alleine sein und niemanden um mich haben. Schon gar nicht jemanden, den ich erst einmal in meinem Leben gesehen habe.

Jetzt liege ich also auf dem Sofa, versorgt mit Mineralwasser, Limonade, Tee und Keksen sowie diversen Telefonnummern für Notfälle. All das lagert auf dem Couchtisch vor mir, während ich selbst in eine warme Decke gehüllt bin und abwechselnd friere und schwitze. Matt hat mir, bevor er losmusste, zum Glück noch den richtigen Sender eingeschaltet und jetzt traue ich mich gar nicht mehr umzuschalten. Mit der Masse der amerikanischen Fernsehsender bin ich immer noch leicht überfordert. Da Matt natürlich schon lange vor dem Spiel wegmusste und mich das hohe Fieber müde macht, habe ich mir einen Wecker gestellt, um den Beginn des Spiels später auf gar keinen Fall zu verpassen.

Als er klingelt, kommt vor allem erst mal eines im Fernsehen: jede Menge schriller, amerikanischer Werbespots. Ich richte mich auf dem Sofa auf und ziehe die Decke enger um mich herum. Zu meinem Verdruss bin ich so müde, dass ich wieder wegdöse und den Anfang des Spiels glatt verpasse. Als ich wieder wach werde, brauche ich eine ganze Weile, bis ich Matt entdecke. Genau genommen erkenne ich ihn nur an der Nummer auf seinem Trikot. Mit den immens gepolsterten Schultern sieht er noch beeindruckender aus als sonst.

Ich habe von Football überhaupt keine Ahnung. Nicht die geringste. Ich bin schon froh, dass ich die Regeln von stinknormalem Fußball halbwegs begriffen habe. Vielleicht sollte ich Matt um eine Nachhilfestunde bitten, wenn er zurück ist. Im Prinzip ist es ja eine Schande, dass ich so völlig ahnungslos bin. Doch wer interessiert sich in Deutschland schon für American Football?

So bleibt mir jetzt nichts anderes übrig, als auf den Bildschirm zu schauen und mir zusammenzureimen, was dort gerade passiert. Ich zucke jedes Mal zusammen, wenn Matt angegriffen wird und kann nur hoffen, dass er das Spiel ohne größere Schäden überlebt. Wenn es sich nicht gerade um den Mann handeln würde, den ich zufällig liebe, dann fände ich das Spiel vermutlich ganz unterhaltsam. Aber so werde ich immer wieder in Versuchung geführt, mich wie ein kleines Kind hinter meiner Decke zu verstecken, damit ich mir all das nicht ansehen muss. Letztendlich bin ich dankbar dafür, dass es eine Anzeige des Spielstands gibt, die immer wieder eingeblendet wird. Und als zum Ende des Spieles die Boston Raccoons gewonnen haben, gehe ich beruhigt ins Bett.

Ich schlafe tief und fest, als ich vom lauten Jaulen der Alarmanlage aus dem Schlaf gerissen werde. Es dauert einen Moment, bis ich wach genug bin, um das laute Geräusch zuordnen zu können. So ganz bei mir bin ich immer noch nicht, als ich schlaftrunken bis zur Hälfte der Treppe hinunterstolpere, um unten nach dem Rechten zu sehen. Das laute Geräusch hat mittlerweile zum Glück wieder aufgehört.

„Matt?“, rufe ich, bekomme aber keine Antwort. Irritiert laufe ich noch ein paar Stufen weiter nach unten.

Als ich die nächste Kurve der Wendeltreppe hinter mir habe, sehe ich eine reglose Gestalt mit einer tief ins Gesicht gezogenen Baseballkappe im Wohnzimmer stehen.

„Matt?“, rufe ich noch einmal, bis ich registriere, dass er es unmöglich sein kann. Die Gestalt im Wohnzimmer ist kleiner und viel schlanker als Matt. Wie erstarrt bleibe ich stehen und sage dann gar nichts mehr. Der dröhnende Herzschlag in meinen Ohren scheint alle anderen Empfindungen zu übertönen. Ich starre die reglose Gestalt an und sie starrt zurück. Dann sehe ich die Waffe.

Die Pistole in der Hand des fremden Mannes im Wohnzimmer lässt mich endgültig bewegungsunfähig werden. Ich kann spüren, dass sich mein Mund öffnet, vielleicht um eine Bitte auszusprechen, aber kein Wort kommt über meine Lippen. Ich starre in sein jugendliches Gesicht und wundere mich einen kurzen Augenblick darüber, wie jung er ist. Schließlich bleibt mein Blick wieder an seiner Waffe hängen und auch er scheint sich nicht rühren zu können. Vermutlich vergehen nur wenige Sekunden, doch mir kommen sie wie eine Ewigkeit vor. Dann geben meine Beine unter mir nach und knicken einfach weg. In einer plötzlichen Bewegung falle ich auf die Treppe. Gleichzeitig höre ich einen lauten Knall und spüre einen beißenden Schmerz in meinem rechten Arm. Verwundert fasse ich dorthin und spüre die nasse Wärme, die an meinen Fingern kleben bleibt. Voller Erstaunen schaue ich auf meine blutige Hand und dann in das ebenso erstaunte Gesicht des jungen Einbrechers, in dessen reglosen Körper nun langsam wieder Bewegung zu kommen scheint. Mit einem letzten, unsicheren Blick auf mich dreht er sich schließlich um und flüchtet.

Erst als ich die Haustür ins Schloss fallen höre, merke ich, dass ich am ganzen Körper zittere. Langsam lehne ich meinen Kopf gegen das Treppengeländer und bin erst mal zu keiner weiteren Reaktion in der Lage. Dann stehe ich bedächtig und wie in Trance auf, um die Polizei zu rufen. Ich kann mich nicht entsinnen, in Deutschland jemals den Notruf gewählt zu haben. Und es jetzt hier in den USA zu tun, fühlt sich merkwürdig irreal an. Eher so, als wäre ich Teil einer Krimiserie und nicht, als würde das gerade wirklich passieren. In meiner Aufregung muss ich mich erst einmal kurz sammeln, um der Frauenstimme am Telefon nicht auf Deutsch, sondern auf Englisch zu antworten. Einmal mehr bin ich froh, dass es für mich hier zumindest sprachlich keine Barrieren gibt.

Routiniert fragt die Frau vom Notruf alle notwendigen Parameter ab. Und als ich schon denke, dass nun alles geklärt ist, fragt sie mich: „Ist mit Ihnen alles in Ordnung, M'am? Sind Sie verletzt?“ Wie von selbst wandert mein Blick auf meinen Arm, der Stoff meines lavendelfarbenen Langarmshirts, das ich zum Schlafen getragen habe, hat sich mittlerweile dunkelrot verfärbt.

„Ich glaube, er hat mich angeschossen“, höre ich mich selbst antworten. Ich bin selbst so erstaunt über diese Erkenntnis, dass ich anschließend einfach auflege, ohne weitere Fragen der Notrufdame abzuwarten. Auf dem Boden zu meinen Füßen bildet sich ein kleines Rinnsal roten Blutes, das ich gedankenverloren anstarre.

Es hat eine schöne Farbe. Das Rot ist so intensiv!

Irgendetwas in mir ist sich völlig darüber im Klaren, dass meine Reaktion nicht wirklich angemessen ist. Ich sollte Angst haben, panisch sein, Schmerzen haben, aber ich empfinde nichts von alldem. Ich stehe nur da und starre auf die kleine, rote Pfütze und in mir fühlt sich alles seltsam dumpf an.

Ein paar Minuten später kann ich die Einsatzsirenen der Polizei hören und dann klingelt es an der Tür. Langsam setze ich mich in Bewegung, um sie zu öffnen. Ich komme an der kleinen Kommode vorbei, die vorne in Matts Hausflur steht und suche noch schnell nach einem Pfefferminz. Wenn ich auf die Fragen der Polizei antworten muss, dann will ich keinen schlechten Atem haben, immerhin habe ich ja schon geschlafen.

Du hast ganz andere Probleme, Sophie! Und wenn du dir schon über etwas Gedanken machst, dann vielleicht darüber, dass du nichts mehr als ein langes Shirt und eine Unterhose trägst!

Ich ignoriere die ärgerliche Stimme in meinem Kopf, nestle die Minzpastille aus der Papierverpackung und stecke sie mir in den Mund, bevor ich die Tür endlich öffne. Draußen stehen zwei Streifenwagen und ein Krankenwagen. Ziemlich entgeistert schaue ich in die besorgten Gesichter mehrerer Polizisten. Einer fasst mich sanft am Arm und führt mich in Richtung Krankenwagen, die anderen rennen mit gezückten Waffen ins Haus. Meine Vorstellung von einer amerikanischen Krimiserie wird gerade beinahe in Perfektion in die Realität umgesetzt und ich muss anfangen zu lachen.

Der Rettungssanitäter betrachtet mich mit einiger Besorgnis, als er mich im Krankenwagen in Empfang nimmt, doch mir ist das völlig egal. Ich kann gar nicht wieder aufhören zu lachen. Ich lache, als sie meine Wunde anschauen und mit einer sterilen Kompresse versorgen und ich lache noch immer, als sie mir irgendeine Spritze verpassen.

Dann sehe ich Matts Wagen um die Ecke biegen. Mit quietschenden Reifen hält er an und springt heraus. Leicht überrascht betrachtet er das ganze Aufgebot von Krankenwagen und Polizei auf der Straße. Schließlich wandert sein Blick in Richtung Rettungswagen und als er mich dort sitzen sieht, kann ich seine Sorge um mich und den Schreck darin erkennen.

Sofort läuft er in meine Richtung, der Polizist, der sich ihm in den Weg stellt, vermutlich um Matt zu befragen, wird einfach zur Seite geschoben.

„Sophie!“ Angst und Sorge klingen in seiner Stimme mit. „Mein Mädchen, geht es dir gut? Was ist denn nur passiert?“

Matt ist da. Endlich ist Matt da! Wortlos schaue ich ihn an und als er seine große Hand zärtlich an mein Gesicht legt und mich anschließend die vertraute Wärme seiner Arme umfängt, kann ich endlich aufhören zu lachen. Stattdessen beginne ich zu weinen.

Kapitel 21

+++

Geht es dir gut?

Was für eine dämliche Frage, natürlich geht es ihr *nicht* gut! Wem geht es schon gut, wenn er eine Kugel im Arm stecken hat?

Matt betrachtet völlig hilflos seine blasse Sophie, die jetzt endlich im Krankenhaus ist. Sie hält seine Hand fest umklammert, aber gerade ist er sich nicht ganz sicher, ob ihm das nicht mehr Halt gibt als ihr. Zumindest gibt ihm der stetige Druck ihrer Finger um die seinen das Gefühl, dass sie lebendig ist. Sie ist jetzt ganz ruhig und zwischendurch scheint es so, als würde sie immer mal wieder wegdämmern. Alles besser als das hysterische Lachen, das sie von sich gegeben hat, als sie vorhin im Krankenwagen saß.

Er streicht ihr eine verirrte Haarsträhne aus der Stirn, während er versucht, sich auf das Gewirr von Ärzten und Schwestern zu konzentrieren, die ihm ständig irgendetwas erzählen wollen.

Irgendein dämlicher Wichser hat sein Mädchen angeschossen!

Die ganze Situation kommt ihm merkwürdig und unreal vor. Immer wieder starrt er völlig fassungslos auf den blutdurchtränkten

Ärmel von Sophies Shirt, der mittlerweile bis zur Schulter hoch aufgeschnitten worden ist, damit die Ärzte schneller und besser an die Wunde darunter kommen. Die Wunde hat schon fast aufgehört zu bluten. In diesem Zustand sieht sie beinahe harmlos aus. Aber eben nur beinahe.

Nur zwanzig Zentimeter weiter links ...

Einen Moment lang sorgt ein panisches Gefühl dafür, dass sich ihm der Magen zusammenzieht, dann schiebt Matthew diesen Gedanken wieder von sich. Über das, was ihn dann beim Heimkommen erwartet hätte, will er lieber gar nicht genauer nachdenken.

Sophie lebt. Und sie braucht ihn. Und alles andere ist vorerst nebensächlich.

+++

Im Krankenhaus habe ich das Gefühl, dass es mindestens tausend Ärzte und Schwestern sein müssen, die mich untersuchen. Matt steht die ganze Zeit besorgt an meiner Seite und hält meine Hand fest. Ich vermute stark, dass die meisten weniger um meine Gesundheit besorgt sind, als daran interessiert, einen Blick auf den großen Matthew Johnson zu werfen.

Doch mir ist gerade ohnehin alles egal. Sie haben mir vorhin anscheinend irgendein Beruhigungsmittel gespritzt und ich befinde mich in einem angenehmen Dämmerzustand. Wenn mir alles zu viel wird, dann schließe ich einfach kurz die Augen. Sobald ich sie wieder öffne, blicke ich in Matts Gesicht, das sich in liebevoller Besorgnis über mich beugt. Er weicht nicht von meiner Seite, nur zum Röntgen darf er nicht mit.

Statt mit mir zu reden, unterhalten sich die Ärzte nur mit ihm. Vermutlich würde ich mich darüber ärgern, so ignoriert und übergangen zu werden, wenn ich gerade nicht mit so viel Gleichgültigkeit beseelt wäre.

Ich höre zu, wie der Arzt Matt erzählt, dass es ein glatter Durchschuss war und ich unglaubliches Glück gehabt habe; Knochen und größere Gefäße sind wie durch ein Wunder unverletzt geblieben. Die Wunde wird also versorgt und verbunden; ich bekomme ein Antibiotikum und werde an den Tropf gehängt, weil sich mein Kreislauf einfach nicht richtig stabilisieren lassen will. Außerdem erzählen die Ärzte etwas von einem Schock. Sie wollen mich gerne über Nacht zur Beobachtung dabehalten, nicht zuletzt deshalb, weil ich immer noch Fieber habe. Völlig irrational und wie ein kleines Kind umfasse ich Matthews Hand fester, klammere mich richtig daran fest. Der Gedanke, die Nacht alleine im Krankenhaus verbringen zu müssen, ist mir abscheulich. Der Schreck von vorhin, der mir immer noch in den Gliedern sitzt, sowie mein von Medikamenten benebeltes Hirn machen aus dieser Kleinigkeit eine riesengroße Sache. Am liebsten würde ich mich gerade heulend und kreischend an Matt klammern, um bloß nicht alleine bleiben zu müssen. Irgendwie gelingt es mir dann doch, ein letztes bisschen Stolz zu aktivieren und mich zusammenzureißen. Ich blinzele entschlossen die Tränen weg, die in meine Augen treten und versuche, die Contenance zu wahren.

Matthew bemerkt es natürlich trotzdem.

„Ich bleibe noch bei dir, bis du eingeschlafen bist. Und morgen früh komme ich dich gleich holen und bringe dich wieder nach Hause", flüstert er in mein Ohr, nachdem ich in ein freies Zimmer geschoben wurde.

Lange muss er nicht bleiben. Nachdem sich die Zimmertür geschlossen hat und ein wenig Ruhe eingekehrt ist, fordern die viele Aufregung und der mir verabreichte Medikamentencocktail ihren Tribut. Ich brauche keine fünf Minuten, bis ich in einen tiefen, festen Schlaf falle.

Beim Aufwachen dröhnt mir der Kopf und mein rechter Oberarm pocht schmerzhaft. Bis ich mich orientiert habe und wieder weiß, wo ich bin und was gestern Abend passiert ist, brauche ich einen Moment. Der eklige Geschmack, den ich im Mund habe, sorgt dafür, dass ich mich beinahe übergeben muss. Da jedoch bei meinem Glück genau dann der Arzt hereinkommen wird und mich hinterher deswegen sicher noch einen Tag länger hierbehalten will, reiße ich mich zusammen. In meiner Hand steckt immer noch der Zugang für den Tropf, aber die Infusionsflasche scheint vergangene Nacht noch jemand abgehängt zu haben. Nachdem ich mich in dem kleinen Zimmerchen kurz umgesehen habe, setze ich mich langsam an die Bettkante und versuche aufzustehen. Mein Ziel ist das kleine Badezimmer, das gleich an mein Krankenzimmer angrenzt. Ich muss dringend zur Toilette und ich muss mir die Zähne putzen. Und wenn es keine Zahnbürste geben sollte, dann muss ich mir wenigstens den Mund ausspülen. Mit diesem Geschmack in meinem Mund kann ich kein einziges Wort mit jemandem sprechen. Wenn es schon so schmeckt, möchte ich lieber gar nicht erst wissen, wie es riecht …

Beim Versuch aufzustehen wird mir schwindelig. Ich ignoriere das sanfte Drehen um mich herum einfach und nach ein paar zaghaften, kleinen Schritten scheint sich mein Kreislauf zu stabilisieren.

Nachdem ich auf der Toilette gewesen bin, werfe ich einen vorsichtigen Blick in den kleinen Spiegel über dem Waschbecken und bekomme einen Schreck. Ich sehe furchtbar aus, meine Augen sind verquollen und mein Gesicht ist aschfahl. Mit kaltem Wasser versuche ich, einen Ansatz von Frische auf meine Wangen zu zaubern, aber meine Versuche bleiben vergebens. Wenigstens eine Zahnbürste gibt es, vermutlich hat Matt sie gestern noch für mich organisiert, weil er weiß, wie sehr ich ungeputzte Zähne am Morgen hasse.

Auf dem Weg zurück in mein Bett fühle ich mich schon besser. Bis plötzlich die Tür aufgerissen wird und eine junge, hübsche Schwester hereinkommt, die auf keinen Fall älter als neunzehn Jahre sein kann. Vorwurfsvoll sieht sie mich an, als sie mich auf der halben Strecke zwischen Bad und Bett entdeckt.

„Ich kann mich nicht entsinnen, dass ich Ihnen erlaubt hätte, alleine aufzustehen! Jetzt aber ganz schnell zurück ins Bettchen, bevor ich noch schimpfen muss!“ In ihrer Stimme schwingt

Genervtheit mit. Ich habe für erzieherische Maßnahmen heute Morgen wirklich keine Nerven und verdrehe innerlich die Augen.

„Ich bin immerhin erwachsen!“, gebe ich leicht unfreundlich zurück.

Und ich war schon volljährig, als du noch mit Puppen gespielt hast, Kleine! Und ich könnte dir immer noch locker den Arsch versohlen, du mageres Ding! Also benimm dich gefälligst anständig, wenn du mit Erwachsenen redest!

Den blöden Kommentar kann ich mir gerade noch verkneifen. Trotzdem ärgert es mich, dass eine Person, die noch nicht einmal in allen Staaten der USA als volljährig gelten dürfte, so tun zu müssen meint, als dürfe sie über mich bestimmen.

Grummelnd lasse ich mich von ihr zurück ins Bett bringen, bis ich bemerke, dass die Zimmertür aufgeht. Aus dem plötzlich auf ihrem Gesicht auftretenden zuckersüßen Lächeln der Schwester kann ich schließen, dass es Matt ist, der ins Zimmer gekommen ist.

Kapitel 22

Es dauert bis zum späten Nachmittag, bis ich endlich wieder mit Matt nach Hause kann.

Zwischendrin schauen sogar Matts Eltern besorgt vorbei und zu Matts großem Ärger lässt sich Grayson ebenfalls blicken und bringt mir Blumen und einen kitschigen Luftballon mit.

„Woher wissen die denn alle, dass ich hier bin?“, frage ich Matt, als wir wieder allein sind und betrachte meinen Verband, durch den man noch ein bisschen Blut schimmern sehen kann.

„Die Presse hat Wind davon bekommen und du bist heute auf dem Titelblatt von so ziemlich jeder Zeitung.“ Er verschränkt die Arme und lehnt sich auf seinem Stuhl zurück, während wir auf den Arzt für die Abschlussvisite warten.

„Nicht dein Ernst, oder? Wen interessiert das denn schon?“ Dann fallen mir die wenig schmeichelhaften Schlagzeilen aus wesentlich geringeren Gründen wieder ein und ich werde still. „Haben sie viel Blödsinn geschrieben?“

Matt schüttelt den Kopf, aber ich kann ihm ansehen, dass er verärgert ist.

„Sei ehrlich!“ Ich frage, obwohl ich gar nicht genau weiß, ob ich tatsächlich auch wissen will, was sich die Presse so ausgedacht hat.

Matt seufzt schwer. „Eigentlich waren alle Berichte recht neutral. Aber irgendeinem Wichser ist es gelungen, dich zu fotografieren, als du lachend im Krankenwagen gesessen hast und jetzt bezweifeln sie in dem Artikel deinen Geisteszustand. Es gab eine wenig schmeichelhafte Überschrift und …“

Ich hebe abwehrend meinen gesunden Arm hoch. „Okay, das reicht mir. Genug Informationen!“ Da ich davon ausgehe, dass Matt ohnehin schon geschönt hat, was dort geschrieben steht, will ich es gar nicht genauer wissen. Ein klein bisschen irre bin ich ja manchmal, ich kann der Presse da gar nicht wirklich unrecht geben. Trotzdem ist es ein unangenehmes Gefühl zu wissen, dass man selbst in den größten Ausnahmemomenten immer noch fotografiert und analysiert wird. Doch mir geht es gleich wieder viel besser, als Matt mir zärtlich über mein Haar zu streicheln beginnt.

Dann endlich werde ich entlassen. Mein Arm ist frisch verbunden und mit einer Schlinge versorgt, die ich jedoch möglichst nicht den ganzen Tag lang tragen soll. Auf der Rückbank liegt eine weiße Papiertüte, in der sich, in typisch amerikanischen Plastikröhrchen, meine Medikamente befinden. Ich angele danach und lese die Beschriftungen, während Matt mir besorgte Seitenblicke zuwirft.

„Ich würde gerne meine Mutter anrufen, damit sie sich nächste Woche um dich kümmern kann, wenn ich zum Training muss. Und am Wochenende steht außerdem ein Auswärtsspiel an. Am liebsten wäre es mir, wenn ich dich da ganz bei meinen Eltern unterbringen könnte."

Ich unterbreche ihn mit einem Kopfschütteln. „Ich brauche keinen Babysitter. Ich bin schon ein großes Mädchen, falls dir das entgangen sein sollte." Ich bin fest davon überzeugt, dass ich auch wunderbar alleine klarkommen werde, auch wenn mir der Gedanke daran, am Wochenende die Nächte alleine im Haus verbringen zu müssen, ziemlich unheimlich ist. Genau genommen jagt mir der Gedanke sogar eine Heidenangst ein. Aber wenn nicht dieses Wochenende, dann wird es eben das nächste oder das übernächste sein, dass ich wieder alleine in dem großen Haus werde verbringen müssen. Oder das Wochenende danach. Ich kann mich schlecht auf ewig in jeder Nacht, die Matthew nicht zu Hause ist, bei seinen Eltern verkriechen. Irgendwann werde ich mich daran gewöhnen müssen, wieder alleine dort zu bleiben. Und damit möchte ich lieber früher als später anfangen. Dann habe ich es wenigstens hinter mir. Und keine Zeit, mir allzu lange Gedanken darüber machen zu können, wie es wohl sein wird, bis ich mich völlig hineingesteigert habe und dann schließlich in Panik verfalle.

Matt seufzt schwer.

„Du bist manchmal wirklich anstrengend. Kannst du nicht wenigstens ab und an mal ein bisschen Vernunft an den Tag legen?"

„Ich finde, ich bin total vernünftig!" Kurz erläutere ich ihm meinen Gedankengang. „Außerdem", setze ich nach einer kurzen Pause hinzu, „hatte der Typ eine Waffe. Was genau will deine

Mutter dagegen bitte ausrichten?“ Ich ziehe meine Augenbrauen fragend in die Höhe.

Ein kurzes Lächeln huscht über Matts Gesicht.

„Sie ist auf einer Farm aufgewachsen. Man mag es kaum glauben, aber sie ist eine ganz hervorragende Schützin!“ Das Lächeln verschwindet wieder und er seufzt erneut. „Vermutlich hast du ja recht. Nur mir wäre es trotzdem wohler gewesen, wenn du nicht alleine wärst.“ Nachdenklich verzieht er seinen Mund. „Heute Abend kommt übrigens noch die Polizei vorbei, um dich zu gestern zu befragen. Vielleicht kann ich sie ja wenigstens überreden, dass sie die nächsten Wochen vermehrt vorm Haus Streife fahren, vor allem, wenn ich nicht da bin.“

„Haben sie dir schon irgendetwas gesagt?“

„Nicht wirklich. Sie vermuten, dass der Einbrecher wohl dachte, es sei niemand zu Hause. Das Spiel war ja kaum vorbei, sodass er sich sicher sein konnte, dass ich zumindest noch nicht zu Hause sein würde. Und mit dir hatte er wohl einfach nicht gerechnet.“

Ich nicke zustimmend, auch ich hatte eher den Eindruck, ihn überrascht zu haben.

Später bestätigt auch die Polizei meinen Eindruck. Ich sitze einem Polizisten mittleren Alters gegenüber, der sich als Detective Bruce Carpenter vorstellt und mir auf Anhieb unsympathisch ist. Es gibt Leute, mit denen man kein einziges Wort wechseln muss, um bereits zu wissen, dass man sie niemals wird leiden können. In diesem Fall kann ich natürlich schlecht einfach weggehen, also bleibe ich brav sitzen und betrachte sein im Grunde genommen ganz attraktives Gesicht, das von seiner Überheblichkeit allerdings nahezu entstellt wird.

Mr. Carpenter stellt mir eine ganze Reihe von Fragen und ich muss eine Personenbeschreibung abgeben, aber an viele Details kann ich mich nicht mehr erinnern. Das Licht war so schlecht und der Einbrecher trug eine Baseballkappe und ich hatte viel zu viel Angst, als dass ich mir in Ruhe seine Gesichtszüge hätte einprägen können. Alles, was ich noch weiß ist, dass es ein weißer Mann war und dass er sehr jung ausgesehen hat.

„Als Sie gestolpert sind, haben Sie ihn wahrscheinlich erschreckt und er hat deshalb auf Sie geschossen. Aber so oder so: Sie haben furchtbares Glück gehabt. Die Einbruchsspuren am Haus … das alles ist sehr dilettantisch gewesen. Wir gehen von einem blutigen Anfänger aus." Er sagt das in einem Tonfall, als wäre es faktisch die pure Blödheit gewesen, dass ich mich von so einem Tölpel habe anschießen lassen.

„Wäre er erfahrener gewesen und ein besserer Schütze," Er macht eine Kopfbewegung in Richtung meines verletzten Armes, „dann hätte die ganze Geschichte für Sie auch anders enden können!"

Wie genau das Ganze für mich hätte enden können, das braucht er gar nicht weiter zu erläutern, darüber bin ich mir auch so im Klaren. Es hätte nämlich schlichtweg mein Tod sein können.

Matt zieht scharf die Luft ein, als der Polizist mein Glück erwähnt und ich bin ziemlich sicher, dass es mir lieber gewesen wäre, er hätte einfach die Klappe gehalten. Allein der Gedanke daran, wie es hätte ausgehen können, lässt meine Hände anfangen zu zittern und sich mir den Magen unangenehm zusammenziehen.

„Alles in Ordnung mit Ihnen, M'am? Sie sehen plötzlich so blass aus!" Der Officer legt ein besorgtes Gesicht auf, das so professionell aussieht, als hätte er es heimlich vor dem Spiegel geübt.

Schnell nicke ich mit dem Kopf. „Ja, es geht mir gut. Es war nur eine anstrengende Woche." Ich sehe mich in Matts Salon um, in dem ich erst vor zwei Tagen mit Chelsea gesessen habe. „Erst die Sache mit Chelsea und jetzt der Einbruch und mein Arm …", sprudelt es dann auch schon beinahe entschuldigend aus mir heraus, ohne dass ich vorher überhaupt darüber nachgedacht hätte.

„Chelsea? Darf ich fragen, wer Chelsea ist?" Wie ein Hai, der Blut gerochen hat, verändert er plötzlich seine Körperhaltung von gelangweilt auf interessiert.

„Sie ist …" Ich gerate gleich wieder ins Stocken. Ja, was ist sie eigentlich? Dann spüre ich Matts Hand beruhigend auf meiner Schulter.

„Sie ist eine Stalkerin, die mich eine Zeit lang belästigt hat und vor ein paar Tagen hier aufgetaucht ist, um Sophie irgendwelche Lügengeschichten über eine Beziehung mit mir aufzutischen, die es nie gegeben hat", erklärt Matt schließlich für mich.

Dem Officer scheint das nicht zu genügen, er bohrt weiter nach. Weil ich Chelseas Nachnamen nicht weiß, zeige ich ihm schließlich das Bild von ihr und Matt, das ich im Internet gefunden habe.

„Meinen Sie, sie könnte etwas damit zu tun haben?“, fragt Matt schließlich besorgt.

„So etwas kann man nie wissen. Wir haben mit Stalkern schon die abstrusesten Dinge erlebt. Und manche können wirklich gefährlich werden. Vielleicht steht es auch in keinem Zusammenhang zueinander. Doch zumindest ist es ein Hinweis, dem wir nachgehen können.“

Mit einem selbstzufriedenen Kopfnicken verabschiedet er sich schließlich, nicht ohne mir die obligatorische Visitenkarte und den Hinweis dazulassen, ich solle ihn dringend kontaktieren, falls mir noch etwas einfallen würde. Ich würde mich über die Parallelen zu schlechten, amerikanischen Krimiserien vermutlich köstlich amüsieren, wenn mir der Schreck nicht immer noch so tief in den Gliedern sitzen würde. Natürlich lässt Matt den Polizisten nicht gehen, bevor er ihm nicht das Versprechen abgerungen hat, dass in den nächsten Tagen unserem Haus vermehrt Beachtung durch normale Streifenwagen zukommen würde. Das scheint ihn wenigstens ein bisschen zu beruhigen.

Erst als wir wieder alleine sind, fällt mir auf, wie erschöpft und müde ich bin. Und wie sehr mein Arm wieder schmerzt.

Matthew schaut mich besorgt an.

„Du siehst blass aus, Sophie!“

Er bringt mich ins Wohnzimmer, versorgt mich mit meinen Medikamenten und deckt mich liebevoll mit einer weichen Wolldecke zu. Anschließend legt er sich auf dem extra breiten Sofa hinter mich und schaltet den Fernseher ein. Ich kuschele mich eng an ihn und versuche es mir bequem zu machen, soweit mein schmerzender Arm das überhaupt zulässt.

Ich seufze tief. Zum ersten Mal in den letzten Tagen habe ich das Gefühl, ein bisschen Ruhe finden zu können.

Kapitel 23

„Meinst du, Chelsea könnte vielleicht wirklich etwas mit dem Einbruch zu tun haben?“, frage ich Matt nach einer Weile.

Er brummelt etwas Unverständliches, bevor er mit entschlossener Stimme antwortet: „Ich denke, sie ist völlig harmlos. Die Polizei hätte nur gerne eine Spur und klammert sich dabei an jeden Strohhalm.“ Er klingt beinahe schon unfreundlich.

„Vermutlich hast du recht“, gebe ich mit unsicherer Stimme zu. Seine ablehnende Haltung bringt mich durcheinander.

Matthew streicht mir zärtlich das Haar aus dem Gesicht. „Ich will nicht, dass du dir so viele Sorgen machst“, fährt er jetzt sanfter fort. „Ich kann mir nicht vorstellen, dass die beiden Dinge miteinander in einem Zusammenhang stehen. Und du hattest genug Stress in den letzten Tagen. Ich möchte nicht, dass du dich deswegen verrückt machst. Lass die Polizei das regeln.“ Er überlegt einen Atemzug lang. „Oder mich. Ich erwürge den Typen eigenhändig, wenn ich ihn erwische!“

„Du klingst wütend.“ Im Grunde genommen dürfte mich das nicht erstaunen, ich wäre auch wütend, wenn irgendjemand Matt etwas getan hätte. Doch bis zu diesem Moment habe ich mir noch überhaupt keine Gedanken darum gemacht, wie es Matt wohl mit dieser Situation ergehen mag.

„Ja, ich bin wütend. Da kommt irgend so ein dämlicher Scheißtyp her, meint in mein Haus einbrechen zu müssen und um ein Haar hätte er dich auch noch abgeknallt.“ Er macht einen tiefen Atemzug. „Er hat dich angeschossen und in einen Schockzustand versetzt Ich würde am liebsten schon jeden für dich erwürgen, der nur dazu beiträgt, dass du unwillig deine Stirn runzeln musst! Du kannst dir also vorstellen, wie wütend ich auf dieses verdammte Arschloch bin. Ich würde ihn gerne kastrieren und vierteilen und ihm alle möglichen Höllenqualen bereiten, die du dir bestimmt lieber nicht vorstellen möchtest.“

Ich kann nicht eine Spur von Humor in seiner Stimme hören.

+++

Matt hat sich noch nie in seinem Leben so wütend und hilflos gefühlt wie in dem Augenblick, in dem er Sophie angeschossen im Krankenwagen hat sitzen sehen. Und er hat noch nie in seinem Leben so viel Angst gehabt.

Dass ihr irgendjemand etwas angetan hat, einfach so, und er nicht in der Lage war, sie zu beschützen und dass so etwas theoretisch jederzeit wieder passieren könnte, lässt ihn sich ganz ohnmächtig fühlen.

Es kann so schnell gehen, dass ihr gemeinsames Leben einfach vorbei ist. Von einem Atemzug auf den nächsten. Irgendein Arschloch hat einen schlechten Tag und eine Waffe und dann ist es einfach so vorbei. Da hilft auch seine Muskelmasse nicht, all seine Körperkraft ist in so einem Fall völlig vergebens.

Seufzend streichelt er Sophies Nacken und sie kuschelt sich enger an ihn, wie ein kleines Kätzchen. Er spürt ihre Wärme und Lebendigkeit an seinem Körper und als sie ihr Gesicht dem seinen zuwendet, kann er deutlich sehen, wie erschöpft sie ist und wie mitgenommen sie aussieht. Auf keinen Fall will er, dass sie auf dumme Gedanken kommt und sich in die Sache mit Chelsea noch weiter verrennt.

+++

Ohne Schmerzmittel halte ich es noch nicht lange aus. Matthew scharwenzelt den ganzen Tag um mich herum und schaut mich aus großen, besorgten Augen an. Jedes Mal, wenn ich meine Schmerztabletten nehme, kurz zusammenzucke, wenn sich mein Arm beispielsweise durch eine unachtsame Bewegung schmerzhaft bemerkbar macht oder es sonst irgendein Anzeichen dafür gibt, dass ich Schmerzen habe, verdunkelt sich Matts Blick vor Zorn und Sorge. Er versucht mir jeden Handschlag, den ich machen will, abzunehmen und behandelt mich wie ein rohes Ei.

Einerseits weiß ich seine Anteilnahme wirklich zu schätzen, andererseits finde ich es langsam ein bisschen anstrengend. Vielleicht liegt es auch daran, dass ich es nicht gewohnt bin, dass sich jemand übermäßig um mich kümmert. Beinahe habe ich das Gefühl, dass Matt ein schlechtes Gewissen mir gegenüber hat, als hätte er den Eindruck, mich nicht ausreichend beschützt zu haben, was natürlich vollkommen irrational ist. Aber wann sind Gefühle schon rational? Vermutlich nur in den allerseltensten Fällen.

Also lasse ich mich von ihm bemuttern, weil ich glaube, dass er das braucht, um sich besser zu fühlen. Und nachdem ich einmal beschlossen habe, es geschehen zu lassen, kann ich sogar anfangen, es zu genießen. Es ist schön, wenn man jemanden hat, der sich um einen kümmert. Das ist mir vorher nie so wirklich bewusst gewesen.

Und es ist schön, dass derjenige ausgerechnet Matt ist.

Der restliche Tag vergeht in träger Gemächlichkeit.

Matt bestellt uns Essen, damit niemand mehr das Haus verlassen muss, denn im Kühlschrank herrscht gähnende Leere.

Wir sitzen auf dem Sofa und ich lehne mich an ihn und denke mit Grauen an den nächsten Tag, an dem ich in dem großen Haus wieder alleine sein muss.

Kapitel 24

Der nächste Tag wird sogar noch viel schlimmer als ich es befürchtet hatte. Wegen meines verletzten Arms bin ich nicht in der Lage zu arbeiten oder überhaupt irgendetwas anderes zu machen als dumm herumzusitzen und nichts zu tun.

Den kurzen Versuch, einen Spaziergang zu machen, gebe ich sofort nach dem Öffnen der Haustür wieder auf. Denn davor tummelt sich die Presse, die anscheinend scharf auf Fotos und ein paar Details zu meiner Schusswunde ist.

„Was bitte ist an so etwas so interessant?“, murmele ich, als ich mich nach nur ein paar Sekunden wieder zurück ins Haus gerettet habe. Mrs. Meyer, die gerade auf dem Flur Staub wischt, lächelt und zuckt mit den Schultern. „Sie sind die Freundin von Matthew Johnson, Sophie. Da interessiert die Leute beinahe alles. Und obendrein ist momentan sonst nicht viel los. Mich haben sie auch schon fotografiert, als ich vorhin hergekommen bin.“ Sie streicht sich lächelnd ihren Rock glatt. „Hoffentlich sehe ich in diesem Kleid von hinten nicht zu dick aus!“ Sie zwinkert mir zu und macht sich weiter an die Arbeit. Ich sehe noch ein Weilchen im Wohnzimmer fern, bis Mrs. Meyer sich irgendwann verabschiedet. Lange kann mich das Fernsehprogramm nicht fesseln und ich versuche, eine andere Beschäftigung zu finden.

Langsam gehe ich die Treppe zu meinem Zimmer hoch und verliere mich mehr und mehr im Nichtstun. Nichts als zu grübeln, nichts als meinen Schmerzen nachzuspüren, nichts als in dem großen Haus alleine Angst zu haben. Fast würde ich mir wünschen, Chelsea hätte etwas mit dem Einbruch zu tun. Das wäre zwar eindeutig gruseliger, als ein normaler Einbruch, aber es würde zumindest einen fassbaren Schuldigen geben. Ich habe in meinem Leben zu viele schlechte Krimis gesehen. Jetzt spuken jede Menge unmöglicher Szenarien in meinem Kopf herum, in denen der Einbrecher wiederkommt, um mich umzubringen, damit ich ihn nicht erkenne. Oder mich entführt und Geld erpressen will. Ich steigere mich in die ganze Sache so hinein, dass ich mir irgendwann vorstelle, wie ich in einem finsteren Kellerloch ohne Essen und Trinken sitze. Während Matthew froh ist, dass ich weg bin und sich mit Chelsea ein schönes Leben auf Hawaii macht. Selbst mir ist klar, wie albern solche Gedanken sind. Schließlich gelingt es mir auch, sie aus meinem Kopf zu verbannen. Aber das mulmige Empfinden der irrationalen Angst und des Verlassenwerdens, das lässt sich weniger leicht abstellen.

Ich habe das Gefühl, jeden Moment wahnsinnig werden zu müssen. Um mit irgendjemandem zu sprechen und nicht völlig durchzudrehen, rufe ich Lukas an.

„Ich setze mich sofort ins Flugzeug und komme zu dir!“ Er ist völlig aufgebracht, als ich ihm die ganze Geschichte erzähle. Matt hatte ihn zwar schon gestern Morgen angerufen, aber es von mir persönlich zu hören, scheint etwas ganz anderes zu sein.

„Das wirst du nicht tun, Lukas. Deine Prüfungen gehen nächste Woche los. Und du hast zwei Nebenjobs, die weg sind, wenn du einfach so abhaust!“

„Ist mir egal!“, knurrt er durch die Leitung.

„Mir ist es aber nicht egal! Ich komme hier schon zurecht.“

Er seufzt schwer. „Versprich mir wenigstens, dass du mich anrufst, wenn du mich brauchst, okay? Egal zu welcher Uhrzeit.“

Die Hoffnung, dass es mir nach einem Telefonat mit ihm besser ginge, stellt sich dies ziemlich schnell als falsch heraus. Die Sorge in seiner Stimme, die Vertrautheit zu ihm, die ich vermisse, ihn selbst, den ich vermisse … Das Gefühl des Heimwehs stellt sich mit so einer großen Macht ein, dass ich kaum noch Luft bekomme. Ich beende das Telefonat schneller wieder, als ich es ursprünglich geplant hatte, aber auch das macht es nicht mehr besser. Es ist, als ob ein Prozess in Gang gesetzt worden wäre, der, einmal begonnen, nun nicht mehr zu stoppen ist.

Mein Herz beginnt zu rasen und ich bekomme meine Atmung nicht mehr unter Kontrolle, es fühlt sich an, als müsste ich jede Sekunde ersticken. Verzweifelt versuche ich mich zu konzentrieren, versuche meine Atmung zu beruhigen, aber es will mir nicht gelingen. Meine Hände fangen unangenehm an zu kribbeln und ich bin mir ziemlich sicher, dass ich gleich ohnmächtig werde, als ich ein Geräusch auf der Treppe höre. Da es kaum möglich ist, noch weiter in Panik zu verfallen, starre ich nur auf die Tür meines Zimmers. Sie scheint sich nur quälend langsam zu öffnen, während sich aufgrund des Sauerstoffmangels vor meinen Augen die ersten flimmernden Sternchen bilden.

Beinahe im selben Augenblick finde ich mich selbst umgeben von einem gewaltigen Berg Muskeln wieder. Matts Arme umfangen mich und seine Hand streicht beruhigend an meinem Rücken auf und ab.

„Atmen, Sophie. Atmen!“ Er selbst beginnt betont deutlich und langsam ein- und auszuatmen und ich hätte vermutlich laut darüber gelacht, wenn mir das möglich wäre. Doch dafür müsste ich erst einmal Luft bekommen.

Langsam, ganz langsam merke ich, dass ich wieder ruhiger werde. Matts vertrauter Geruch ist das Erste, das ich wieder bewusst wahrnehme. Dass ich dazu überhaupt in der Lage bin, muss auch bedeuten, dass ich wieder Luft bekomme. Ich atme ein paar Mal bewusst tief durch und lehne meine Stirn gegen Matts Brust, während ich versuche, neben meiner Atmung auch meinen rasenden Herzschlag wieder in den Griff zu bekommen. Es dauert eine ganze Weile und ich bleibe einfach nur an Matt gelehnt stehen, bis ich das Gefühl habe, mich wieder selbstständig auf den Beinen halten zu können. Dann löse ich mich langsam von ihm.

„Geht es wieder besser, Sophie?“ Er schiebt mich ein kleines Stück von sich weg, um mir ins Gesicht schauen zu können. Nachdenklich nicke ich.

„Das war irgendwie seltsam …“

„Das war nicht seltsam, sondern ein ausgewachsener Panikanfall!“ Matt klingt irgendetwas zwischen besorgt und empört. „Was war denn nur los mit dir?“

„Ich weiß es selbst nicht so genau“, antworte ich ihm ausweichend. Und das stimmt ja auch. Mir ist hier heute ganz eindeutig die Decke auf den Kopf gefallen. Doch deshalb einen Panikanfall zu bekommen, das passt gar nicht zu mir.

Matt sieht mich kritisch an, bugsiert mich dann auf mein Sofa und setzt sich zu mir. Er zieht mich zu sich heran, legt seine Arme um mich und seufzt tief. Dann presst er einen Kuss auf meinen Scheitel.

„Sophie, ich bin nicht blöd. Du bist unglücklich. Und du bist nicht erst seit diesem verdammten Überfall und der Sache mit Chelsea unglücklich hier!“

Eine ganze Weile überlege ich, bis ich ihm antworte. Das liegt zum einen daran, dass ich nicht so wirklich weiß, warum ich hier nicht richtig glücklich bin, zum anderen liegt es daran, dass ich Matt nicht verletzten möchte. Er macht wirklich alles in seiner Macht Stehende, damit es mir hier gut geht. Aber glücklich machen, das kann man sich letztendlich nur selbst, das kann kein anderer für einen übernehmen.

„Ich bin wohl manchmal ein bisschen einsam hier und fühle mich entsetzlich unnütz.“ Diese Worte verlassen meinen Mund wie von selbst, bringen meine Gefühle aber genau auf den Punkt.

Matt umarmt mich noch ein bisschen fester.

„Du bist nicht unnütz, Sophie. Ich brauche dich. Und ich hoffe, du weißt das auch!“

Ich küsse seine Nasenspitze. „Ja, ich weiß das. Ich habe nur trotzdem irgendwie keine richtige Aufgabe hier. Und zu viel Zeit zum Nachdenken.“

„Ich glaube, ich kann verstehen, was du meinst.“ Matt seufzt und küsst meinen Mundwinkel. „Ich würde …“ Unsicher fährt er sich durchs Haar, bevor er den Satz weiterführt. „Ich würde dir gerne eine Telefonnummer geben. Es ist die einer Therapeutin. Ich denke, dass man so einen Einbruch mit solch einer Verletzung nicht einfach ohne Hilfe wegstecken kann. Und außerdem könnte sie dir vielleicht …“ Schon wieder hört er auf zu sprechen, aber ich weiß auch so, was er sagen will.

„Du meinst, sie könnte mir helfen, ein bisschen meine Vergangenheit aufzuarbeiten?“

„Ja, genau das meine ich. Ich mag ja meine irre Freundin.“ Sanft knufft er mir in die Seite. „Aber ich mag sie lieber glücklich und irre, als unglücklich und irre. Und dabei kann sie dir vielleicht ein bisschen helfen.“

Ich nehme den Zettel und lege ihn auf meinen Tisch, dann setze ich mich wieder zu Matt.

„Ich verspreche, ich werde darüber nachdenken.“

Zufrieden lächelnd zieht er mich zurück in seine Arme.

„Das ist mir für heute genug.“

Ich schmiege mich eng an ihn, so sehr mein verwundeter Arm das eben zulässt. Wie immer, wenn wir zusammen sind, scheint mir die Welt plötzlich gar nicht mehr so schrecklich zu sein, wie noch ein paar Minuten zuvor.

Trotzdem setzt sich ein Gedanke in meinem Kopf fest und lässt sich nicht mehr vertreiben.

Irgendetwas muss ich verändern!

Und zwar ganz dringend.

Kapitel 25

Solange Matt bei mir ist, fühle ich mich gut, sobald er weg ist, geht es mir wieder schlecht. Ein Umstand, den ich verabscheue, denn von jemandem abhängig zu sein ist etwas, dass ich mein ganzes Leben lang erfolgreich vermieden habe.

Ich muss ganz dringend etwas ändern, die Frage ist nur was. Ich glaube zwar nicht daran, dass eine Therapeutin mir bei der Lösung dieses Problems helfen kann, aber ich rufe sie trotzdem an. Da ich sie in ihrer Frühstückspause erwische, habe ich das Glück, sie persönlich ans Telefon zu bekommen. Fröhlich vereinbart sie einen Termin mit mir für die nächste Woche und ich fühle mich bei der ganzen Aktion viel weniger verrückt als ich befürchtet hatte.

Anschließend verfalle ich wieder in eine Art Lethargie und weiß nichts mit mir und meiner Zeit anzufangen. Dieser Zustand wird von Tag zu Tag schlimmer. Die Zeit scheint nur noch im Schneckentempo zu vergehen und meine Gedanken kreisen wie in einem Karussell um das von mir errichtete Konstrukt aus Angst, Langeweile und panischen Gedanken.

Heute ist Matts Auswärtsspiel und er wird über Nacht nicht hier sein. Bevor er weggeflogen ist, hat er darauf bestanden, noch eine neue Alarmanlage einbauen zu lassen, die angeblich absolut sicher ist.

Es ist genau eine Woche her, dass ich angeschossen wurde. Schon gegen Mittag habe ich so viel Angst vor der kommenden Nacht, dass ich bereits drei Mal alle Lampen auf ihre Funktion getestet habe. Nur damit ich sicher sein kann, dass ich es heute auf keinen Fall im Haus dunkel werden lassen muss.

Bei meinem vierten Lichtschalterrundgang bekomme ich fast einen Herzinfarkt, weil es plötzlich an der Tür klingelt. Gleichzeitig bekomme ich eine SMS von Matt.

Wenn es gleich klingelt, mach ruhig auf.
Es ist Graysons Schwester.
Kuss, Matthew.

Das hätte er mir auch ruhig ein paar Sekunden früher schicken können, dann wäre ich vor Schreck nicht halb gestorben. Etwas unentschlossen gehe ich zur Haustür und frage mich, was das wohl für eine Aktion werden soll. Ich atme tief durch, bevor ich den Code für die Alarmanlage eingebe und dann langsam öffne.

Vor der Tür steht eine Frau mit dunklen, langen Haaren. Einen Augenblick lang bin ich tatsächlich so paranoid zu glauben, dass es sich um Chelsea handelt, die sich vielleicht in Matts Handy gehackt hat.

Dann erkenne ich allerdings doch, dass es eine komplett andere Frau ist. Bis auf die Haare hat sie keinerlei Ähnlichkeiten mit Chelsea. Dafür sieht sie Grayson erstaunlich ähnlich. Sie hat die gleichen ungewöhnlichen bernsteinfarbenen Augen mit diesen beneidenswert langen Wimpern und ist, genau wie ihr Bruder, ziemlich groß. Als ich die Tür noch ein Stück weiter öffne, geht auf der gegenüberliegenden Straßenseite ein wahres Blitzlichtgewitter los, ausgelöst durch die dort lauernden Paparazzi.

„Oh“, haucht die junge Frau vor meiner Tür amüsiert und dreht sich um, um den Fotografen Kusshändchen zuzuwerfen. Dabei stellt sie sich mit Absicht so hin, dass ich mich hinter ihr verstecken kann und für die Presse unsichtbar bleiben kann. Sie tut noch einen Moment lang weiter so, als wären die alle ihretwegen da, dreht sich hin und her, bis sie die Lust an diesem Spiel zu verlieren scheint. Ich mag sie auf Anhieb und grinse, als sie sich wieder zu mir zurückdreht.

Strahlend lächelt sie mich an, aber ich kann das kleine bisschen Verlegenheit in ihrem Blick sehen, das sie besonders sympathisch werden lässt.

„Das wollte ich schon immer mal machen!“, grinst sie und streckt mir die Hand hin. „Hi. Ich bin Sarah, Graysons Schwester.“ Ein schelmisches Lächeln zeigt sich auf ihrem Gesicht. „Meinen Bruder hast du ja bereits von seiner besten Seite kennengelernt, habe ich mir sagen lassen. Ich sollte eigentlich wissen, dass man ihn nirgendwo alleine hingehen lassen kann.“ Ihr Lächeln ist ansteckend. Die ganze Zeit über steht sie so, dass ich für die Presse zwischen dem Haus und ihr verborgen bleibe, als würde sie so etwas ständig machen.

„In der Tat!“

Sie nickt zustimmend. „Darf ich vielleicht trotzdem schnell hereinkommen? Ich verspreche auch, ich mache keine

Annäherungsversuche." Sie zwinkert mir verschwörerisch zu und ich mache einen Schritt zur Seite, um sie ins Haus zu lassen. Sie ist eine wirklich hübsche Frau, groß und überall rundlich, ohne dabei dick zu sein. Dazu hat sie ein wunderhübsches, ebenmäßiges Gesicht mit einem tollen Teint. Sie erinnert mich an ein dralles Model, so wie sie in den Fünfziger Jahren gefragt waren.

Da ich mit ihr nicht im Salon sitzen möchte, weil mich das so sehr an Chelsea erinnern würde, gehen wir in die Küche und setzen uns an den großen Esstisch.

„Ich bin hier, weil ich deine Hilfe brauche. Ich habe ein Problem … und naja. Ich habe es Grayson erzählt und er hat Matt gefragt und jetzt bin ich hier. Du weißt ja, wie so etwas manchmal läuft." Verlegen zuckt sie mit den Schultern.

„Verrätst du mir auch, worum es geht?", frage ich, jetzt wirklich neugierig geworden, denn spontan fällt mir nichts ein, wobei sie ausgerechnet meine Hilfe brauchen könnte.

„Oh! Verzeihung!" Sie lächelt beinahe ein wenig betreten. „Ich war so mit Erklärungen beschäftigt, dass ich das Wesentliche beinahe vergessen hätte. Ich habe ein Projekt an einer öffentlichen Schule, bei dem die Kids klassische Theaterstücke einstudieren und aufführen. Die Schule liegt in einem sozialen Brennpunkt und es ist ein Versuch, die Jugendlichen von der Straße wegzubekommen und ihnen Literatur näherzubringen. Am Anfang gab es ziemliche Zweifel, ob das alles so klappen würde, aber es ist wirklich super. Die Kids sind total motiviert und kreativ, wir haben Stellen aus klassischen Shakespearestücken beispielsweise als Rap umgeschrieben. Als richtig guten Rap, nicht einfach nur so peinliche, rhythmisch gesprochene Texte. Es gibt Streetdance-Einlagen und all solche Dinge eben.“ Sarah bekommt einen schwärmerischen Gesichtsausdruck. „Aber jetzt haben wir ein Problem. Meine Kollegin ist gestern im sechsten Monat mit vorzeitigen Wehen ins Krankenhaus gekommen und in zwei Wochen soll die Aufführung stattfinden. Im Prinzip laufen die Proben super, doch es gibt noch ein paar Stellen, die dringend ein bisschen bearbeitet und umgeschrieben werden müssten … Die Jugendlichen machen das toll, aber sie brauchen Unterstützung. Und ich bin Theaterpädagogin, ich habe keine, aber auch wirklich überhaupt keine Ahnung von Literatur. Und deshalb wollte ich dich fragen … nein, tatsächlich wollte ich dich anflehen, damit du uns bitte hilfst!“ Sie setzt einen Dackelblick auf und ich muss lachen.

„Ich bin mir nicht ganz sicher, ob ich die Richtige dafür bin. Ich habe so etwas noch nie gemacht“, gebe ich vorsichtig zu bedenken.

„Ich glaube, wenn du die Texte siehst und liest und hörst, was wir bisher bearbeitet haben, dann ist es vermutlich ganz einfach. Wenn man ein bisschen Gefühl für so etwas hat. Ich habe von diesem Part einfach nur sehr wenig Ahnung. Mal davon abgesehen kann ich unmöglich beides leisten.“

All zu lang muss ich nicht darüber nachdenken. Mir ist heute jede Abwechslung willkommen und diese hier bewirkt obendrein auch noch etwas Gutes.

„Jetzt sofort?“

Sarah nickt.

„Gib mir fünf Minuten, ich muss noch ein paar Sachen einpacken“

„Oh! Danke, danke, danke!“ Sarah ist vom Stuhl aufgesprungen und fällt mir um den Hals. Schmunzelnd erwidere ich kurz ihre Umarmung, bevor ich mich daraus befreie, um mein Handy, meine Schmerztabletten sowie Kugelschreiber, Bleistift und Notizblock in meine Handtasche zu werfen.

Kapitel 26

Nach einem halben Tag voller Lachen, voller Theater, Literatur und motivierter Menschen fährt mich Sarah abends wieder zurück zu Matthews Haus.

Die ganze Zeit habe ich mich gut gefühlt. Die Arbeit mit den Jugendlichen, die Arbeit mit Literatur und die Arbeit mit Sarah, all das hat mich heute sehr erfüllt. Es hat mir gut getan, unter Menschen zu sein und meinen schmerzenden Arm habe ich dabei fast vergessen. Sarah sprüht nur so vor Energie und ihr Theaterprojekt ist einfach super.

Jetzt stehe ich vor der Haustür, ignoriere die Fotografen und mir wird bewusst, dass dahinter niemand auf mich wartet und ich heute die ganze Nacht alleine hier verbringen muss. Das erste Mal seit Stunden beginnt mein Arm wieder merklich wehzutun, wobei sich die Schmerzen bis in die Fingerspitzen ziehen und ich die rechte Hand kaum bewegen mag. Mit der linken Hand bin ich zu doof die Tür aufzuschließen und der blöde Schlüssel rutscht mir schon zum zweiten Mal aus der Hand und landet laut scheppernd auf dem Fußboden.

Hinter mir höre ich das Zuschlagen einer Autotür und kurz danach spüre ich eine Berührung an meiner Schulter. Erschrocken fahre ich herum und blicke in Sarahs bernsteinfarbene Augen.

Mein erschrockenes Gesicht registrierend, hebt sie in einer beschwichtigenden Geste die Hände hoch. Erleichterung durchflutet mich, als mir klar wird, dass es nur Sarah ist, und keine durchgeknallte Chelsea oder ein bewaffneter Einbrecher mir auflauert.

„Ich wollte dich nicht erschrecken! Ich habe nur vergessen, noch ein paar Details mit dir zu besprechen und dachte, ich könnte vielleicht noch einen Moment mit reinkommen und wir bestellen uns etwas zu essen."

„Na klar!" Ich bücke mich nach dem Schlüssel und Sarah nimmt ihn mir aus der Hand und schließt auf.

Dann lässt sie mir den Vortritt und nach einigem Hin und Her mit der neuen Alarmanlage landen wir, genau wie heute Nachmittag, wieder in der Küche.

Ich bin froh, dass ich erst mal nicht alleine hier sein muss, Sarah tut mir gut. Sie ist fröhlich, energiegeladen und lebenslustig, was ich selbst manchmal so gar nicht bin. Sie wirkt auf mich … irgendwie lindernd. Ausgleichend und harmonisierend. Oder vielleicht sind es auch die Kids gewesen, die mich mit ihrem Enthusiasmus angesteckt haben. Was auch immer es war, es hat dafür gesorgt, dass ich mich das erste Mal, seit ich hier bin, auch ohne Matt gut, gebraucht und glücklich gefühlt habe. Das erste Mal, seit ich hier in den USA bin, fühle ich mich nicht abhängig, sondern habe das Gefühl, dass es vielleicht doch klappen könnte, dass ich hier ein Zuhause finde.

Natürlich ist es mit einem einzigen Nachmittag nicht getan, aber Sarahs Projekt, das ja ab heute auch mein Projekt ist, lässt mich zumindest hoffen. Es sorgt dafür, dass ich mich wieder wie ein eigenständiger Mensch fühle und nicht mehr nur wie ein Anhängsel von Matt. Es gibt mir eine Gelegenheit, hier endlich aus eigenem Antrieb glücklich sein zu können. Einfach deswegen, weil es mir Spaß macht und mich erfüllt.

Sarah und ich sitzen noch eine ganze Weile am Tisch und reden, über das Projekt und über Gott und die Welt. Wir haben Essen bestellt und ich habe eine Flasche Wein aufgemacht, selbst jedoch nur ein halbes Glas getrunken, weil ich mir nicht ganz sicher bin, ob sich der Wein mit dem Schmerzmittel verträgt, das ich vorhin noch genommen habe.

Irgendwann schaut Sarah auf ihre Uhr. „Oh, schon so spät! Ich sollte jetzt wirklich langsam gehen.“ Sie schiebt ihren Stuhl zurück und steht auf, um sich dann an der Tischplatte festzuhalten. „Huch! Selbst fahren sollte ich allerdings wohl besser nicht mehr.“

Ich grinse und deute auf die Flasche Rotwein, die mittlerweile fast leer auf dem Tisch steht.

„Nein, solltest du in der Tat besser nicht.“ Dann überlege ich kurz. „Aber wenn du möchtest … Matt hat hier mehrere Gästezimmer und eine frische Zahnbürste gibt es bestimmt auch noch …“ Ich bemühe mich, mir nicht anmerken zu lassen, wie sehr es mir gefallen würde, wenn sie heute hier übernachten würde. Wie sehr es mich doch erleichtern würde, wenn einfach noch jemand außer mir in diesem riesigen Haus wäre.

„Bist du dir sicher, dass dir das keine Umstände macht? Für mich wäre es nämlich wirklich sehr praktisch. Ich habe morgen früh einen Termin ganz in der Nähe. Und ich müsste dann nicht noch mein Auto wieder hier abholen …“

„Nein, es macht überhaupt keine Umstände. Wirklich nicht!“ Ich befürchte, jetzt hört man mir meine Erleichterung doch noch an, aber es ist mir egal.

Der Einfachheit halber verfrachte ich Sarah in mein Zimmer, denn da kenne ich mich am besten aus. Ich leihe ihr eines meiner Schlafshirts, finde eine unbenutzte Zahnbürste, lege ihr frische Handtücher hin und erlaube ihr, sich am nächsten Morgen nach Herzenslust an meinen Kosmetika zu bedienen.

Dann stolpere ich müde in Matts Schlafzimmer. Ich streife mir das T-Shirt über, das er in der Nacht zuvor getragen hat und nehme sein Kissen in den Arm.

Das Licht brennt gar nicht. Unten ist es überall dunkel!

Doch ich bin schon viel zu müde, um noch einmal aufzustehen und es anzuknipsen. Keine fünf Minuten später bin ich tief und fest eingeschlafen.

Kapitel 27

+++

Als Matt nach seinem Spiel nach Hause kommt, sitzt Sophie im Garten und liest irgendetwas. Sie ist so vertieft, dass sie ihn nicht bemerkt. Völlig in Gedanken kaut sie an ihrer Unterlippe und spielt mit dem Kugelschreiber, den sie in der Hand hält, vermutlich um sich Notizen zu machen.

In den Türrahmen gelehnt bleibt Matt noch eine Weile stehen, um sie zu beobachten. Es ist schön, nach Hause zu kommen und jemand ist da.

Nein, nicht jemand. Sondern Sophie!

Ein warmes Gefühl breitet sich in ihm aus, während er dasteht und sie beobachtet. Sie sieht deutlich besser aus als noch vorgestern. Ihren Arm scheint sie zwar immer noch zu schonen, aber der harte Zug um ihren Mund ist verschwunden. Sie wirkt entspannter und zufriedener.

Ihre Unruhe hat ihm Sorgen gemacht; auch bevor sie angeschossen wurde, ist ihm schon aufgefallen, wie unglücklich sie hier manchmal war. Und er hat nicht gewusst, wie er ihr helfen soll.

Jetzt keimt zum ersten Mal Hoffnung in ihm auf. Die Hoffnung, dass sie doch noch glücklich sein wird. Hier, bei ihm und mit ihm.

Da er nicht will, dass sie einen Schreck bekommt oder dass ihr auffällt, dass er sie wie ein liebeskranker Teenager heimlich beobachtet hat, geht er ein paar Schritte zurück und klappert dann extra laut mit der Küchentür, damit sie bemerkt, dass er wieder da ist.

+++

Matt ist wieder da!

Sein Anblick und sein strahlendes Lächeln lassen mein Herz gleich höher schlagen und ich springe auf, um mich in seine Arme zu werfen.

Leider kann ich seine Nähe nur für die Dauer einer Sekunde genießen, dann brandet gleißender Schmerz in meinem Arm auf, ich zucke zusammen und beiße fest die Zähne aufeinander. Es wäre wohl besser gewesen, ich hätte mich etwas vorsichtiger ‚geworfen', meinem Arm scheint das nicht wirklich gut gefallen zu haben.

Vorsichtig schiebt er mich ein Stück von sich weg und lässt mich wieder zu Atem kommen, während er über meinen Rücken streicht.

„Geht's wieder?"

Nickend öffne ich vorsichtig wieder meine fest zusammengekniffenen Augen und blinzle ein paar Schmerzenstränen weg.

Zärtlich haucht mir Matt einen Kuss auf die Nasenspitze.

„Aber es freut mich sehr, dass es dich zu Tränen rührt, wenn dein strahlender Held erfolgreich nach Hause kommt!"

„Überheblicher, selbstverliebter Neandertaler!" Ich muss lachen und meine Schmerzen sind schnell wieder vergessen. Diesmal zieht er mich ganz zaghaft in seine Umarmung und haucht mir einen Kuss auf den Scheitel.

„Ich habe dich vermisst, Honey. Wie immer, wenn du nicht bei mir bist. Als wäre ich dann nicht ganz komplett."

Da nichts, was ich sagen könnte, meine Gefühle wiedergeben kann, nichts, was ich sagen könnte, das Glück wiedergeben kann, das ich bei seinen Worten empfinde, ziehe ich ihn zu mir herunter und küsse ihn. In der Hoffnung, dass er spürt, was ich nicht in Worte zu fassen vermag.

Entspannt verbringen wir den Nachmittag im Garten, erzählen und lachen und es fühlt sich leicht und gut an. Unkompliziert. Und ich habe plötzlich das Gefühl, dass ein bisschen Abhängigkeit vielleicht gar nicht so schlimm ist. Ist man nicht immer auch ein bisschen abhängig von jemandem, den man liebt? Einfach und allein schon deshalb, weil man ihn liebt; weil das Leben ohne ihn ein bisschen weniger lebenswert ist? So ein Quatsch. Es ist sogar *deutlich* weniger lebenswert! Und im Moment könnte ich mir kaum vorstellen, wie es wäre, wieder ohne Matthew sein zu müssen.

Vermutlich würde es gehen, irgendwie. Irgendwie geht es ja immer. Aber allein der Gedanke daran ist schon schmerzhaft. Jetzt gerade ist es für mich absolut unvorstellbar, ohne Matt leben zu müssen.

Oft in meinem Leben hatte ich das Gefühl, dass *wirklich* glücklich zu sein von so vielen Komponenten abhängig ist, dass immer irgendeine fehlte. Doch selbst ich habe einsehen müssen, dass es ganz einfach sein kann, wenn man nur bereit ist, auch ein Risiko einzugehen, wenn man bereit dazu ist, Opfer dafür zu bringen. Die Verlockung des Glücks ist unwiderstehlich und anziehend. Und manchmal, da ist es eine hervorragende Idee, Verlockungen einfach nachzugeben. Das Glück umfängt mich, es fühlt sich so überwältigend an, als könnte ich es anfassen und gleichzeitig ist es so fragil und vergänglich, so zerbrechlich und zart, dass ich Sorge habe, es könnte von der kleinsten unachtsamen Bewegung zerstört werden.

Ich blinzele eine Träne weg, bevor sie sich aus meinem Auge lösen kann und drücke Matts Hand, die auf meinem Bein liegt.

„Wollen wir reingehen?“ Er sieht mich an und das Funkeln in seinen Augen verrät genau, was er drinnen mit mir vorhat.

„Unbedingt!“, antworte ich. Er steht auf, hilft mir dann vom Stuhl hoch und schiebt mich ins Haus. Mit Nachdruck schließt er die Tür hinter uns und beginnt, lauter kleine Küsse auf meinem Hals zu verteilen, was mir ein kleines Seufzen entlockt. Ich lehne mich gegen seine Schulter und genieße seine Liebkosungen, bis er mich hochhebt, um mich aufs Sofa zu legen. Dann stöhne ich laut auf, nicht vor Lust, sondern vor Schmerz, denn er hat mich so abgelegt, dass mein verletzter Arm unsanft an der Sofalehne herabgerutscht ist.

„Verzeihung!“, murmelt Matthew schuldbewusst und sieht mich mit einem so zerknirschten Dackelblick an, dass ich lachen muss.

„Nicht so schlimm, es geht schon wieder!“ Unsere Lippen finden sich zu einem Kuss zusammen. „Bitte mach einfach da weiter, wo du aufgehört hast“, flüstere ich zwischen zwei Küssen und tatsächlich beginnt er wieder, lauter süße Küsse auf meinem Hals zu verteilen. Dann werden seine Küsse durch Lecken und leichtes Knabbern abgelöst und es braucht nicht lange, bis ich beginne, mich unter ihm nach mehr bettelnd zu winden. Leider bewege ich mich zu heftig und wieder kommt mein Arm gegen die Rückenlehne es Sofas und ein scharfer Schmerz durchzuckt mich. Das Gleiche passiert, als Matt versucht, mir mein Shirt auszuziehen. Und als er versucht, sich vorsichtig auf mich zu legen und ich meinen Arm nicht schnell genug aus dem Weg bekomme, gebe ich schon wieder einen Schmerzenslaut von mir.

Entschlossen steht Matt auf.

„Bitte, bitte nicht!“ Ein bisschen schäme ich mich für meine Bettelei, aber er hat mir wirklich sehr gefehlt. In jeder Hinsicht. Und diese Liebkosungen an meinem Hals … Gott, die haben mich ganz verrückt gemacht.

„Sophie, mich macht normalerweise wirklich so ziemlich *alles* an dir an.“ Er steht vor dem Sofa und fährt sich mit einer Hand durch den Nacken. „Aber dir Schmerzen zu bereiten, dass gehört definitiv zu den Dingen, die mich absolut abtörnen. Du kannst dir kaum vorstellen, wie gerne ich das hier“, sein Zeigefinger wandert in der Luft von mir zu ihm und wieder zurück, „wie gerne ich das hier machen würde. Jetzt sofort und immer wieder.“

Verdammt, doch, das kann ich! Das kann ich mir sogar ganz genau vorstellen!

Matt lässt mich nicht zu Wort kommen.

„Du brauchst gar keine Widerworte geben. Ich werde keinen Sex mit dir haben, bis dein Arm nicht wieder halbwegs in Ordnung ist!“

Frustriert lasse ich mich in die Sofakissen fallen, während Matt nach oben geht.

„Wo willst du hin?“, rufe ich ihm hinterher.

„Ich gehe duschen“, sagt er laut. Und dann, so leise, dass ich es kaum hören kann, ergänzt er: „Und zwar eiskalt.“

Diese Aussage quittiere ich mit einem leisen Lachen, das ich sofort wieder bereue. Denn Matt kommt, ebenfalls lachend, einige Treppenstufen wieder herunter und bewirft mich mit seinem T-Shirt, dass er sich gerade über den Kopf gezogen hat. Es duftet nach ihm und der Anblick seines nackten Oberkörpers sorgt auch dafür, dass mir ziemlich heiß wird. Spätestens jetzt könnte ich die kalte Dusche ebenfalls gebrauchen.

Kapitel 28

Nirgendwo schläft es sich so gut wie in Matts Armen, geborgen von seinem Körper und seine Nähe spürend. Nachdem ich eine Weile gebraucht habe, um eine Schlafposition zu finden, die sowohl für mich als auch für meinen Arm bequem ist, habe ich geschlafen, wie ein Stein.

An sich schön, nur nicht dann, wenn man dabei gleich so gut schläft, dass man am nächsten Morgen *ver*schläft. Während ich eigentlich noch dabei bin, mir wohlig und träge die Augen zu reiben, fällt mir plötzlich siedend heiß ein, dass ich heute Morgen mit Sarah und meinem neuen Theaterprojekt verabredet bin. All die morgendliche Gemütlichkeit ist dahin, als ich die Augen aufreiße und auf den Wecker schaue. Ich habe exakt noch 18 Minuten Zeit, bis Sarah mich abholen kommt.

Hastig springe ich aus dem Bett und sprinte für eine kurze Dusche ins Bad, schminke mich so schnell es geht, zerre ein Set frischer Unterwäsche aus dem Schrank und schlüpfe in eine Jeans und eine weiße Tunika mit Ledergürtel. Das passt immer.

„Ich finde jetzt schon, dass Sarah einen schlechten Einfluss auf dich hat“, neckt mich Matt vom Bett aus, der durch meine hektische Betriebsamkeit geweckt worden ist.

„Wer keine Ahnung hat, sollte einfach mal die Klappe halten“, gebe ich zurück und hauche ihm einen hektischen, schnellen Kuss auf die Stirn, bevor ich eilig das Schlafzimmer verlasse.

In der Küche trinke ich ein Glas heißes Wasser – für Tee oder Kaffee reicht die Zeit nicht – und esse eine Banane, damit ich eine Grundlage habe, falls ich später meine Schmerzmittel nehmen muss. Momentan geht es zum Glück gerade ohne. Im Schrank finde ich noch eine Packung Kekse, die ich einfach mitnehme, man weiß ja nie, wann man nach so einem doch eher kargen Frühstück wieder Hunger bekommt.

Anschließend werfe ich hektisch meine Tabletten in meine Handtasche, als ich Sarah auch schon draußen zweimal hupen höre. Mein Handy und meine Haustürschlüssel angle ich im Vorbeigehen von der Kommode auf dem Flur, ohne überhaupt richtig hinzuschauen.

Draußen begrüßt mich eine gut gelaunte Sarah fröhlich winkend aus dem Auto. Ich muss lächeln und bin gleich viel besser drauf. Die Paparazzi scheinen mir heute besonders aufdringlich zu fotografieren, aber ich ignoriere sie einfach, in der Hoffnung, dass sie bald wieder das Interesse an mir verlieren werden.

Außerdem ist Matt ja auch schon 33. Noch ein paar Jährchen und seine Zeit als Profisportler ist rum und das Problem erledigt sich von selbst. So in drei oder vier Jährchen. Wenn er ein alter Sack ist ...

Mit einem sarkastischen Grinsen öffne ich die Tür zu Sarahs Auto.

„Guten Morgen!“ Sie lächelt strahlend, als ich zu ihr in den Wagen steige und ich erwidere sowohl das Lächeln als auch den Gruß.

„Matt ist wohl wieder zu Hause?“ Sie mustert mich und grinst breit und irgendetwas daran lässt mich stutzig werden.

„Ist er. Warum fragst du?“, antworte ich ihr vorsichtig und taxiere ihre Reaktion.

Sie leckt sich kurz über die Lippen, dann wird ihr Grinsen noch breiter.

„Man sieht's!“ Sie klappt die Sonnenblende an meiner Seite herunter, sodass ich mich im Spiegel betrachten kann. Mein Hals ist übersät von lauter kleinen, eindeutigen blauen Flecken, die seine Bisse dort hinterlassen haben.

„Scheiße!“, murmele ich und spüre, wie mein Gesicht tiefrot anläuft. Sarah beginnt neben mir ausgelassen zu kichern.

„Du siehst aus, als hättest du einen netten Abend gehabt.“

„Das Schlimme ist ja, dass gar nichts ging, weil mein Arm ständig im Weg war …“, gestehe ich zerknirscht und stimme dann in ihr ansteckendes Lachen mit ein.

„Verdammt, so kann ich mich gleich nicht sehen lassen! Die nehmen mich doch keine Sekunde mehr ernst, wenn ich da so auftauche!“ Ich zupfe an meinem Kragen herum, in einem vergeblichen Versuch, das Schlimmste zu verstecken.

Sarah beobachtet mich, immer noch lachend, aus den Augenwinkeln. An der nächsten roten Ampel nimmt sie schließlich schmunzelnd ihr Halstuch ab und reicht es mir.

„Hier“, sagt sie, „binde dir das um. Das sollte alles verstecken. Ich bin schließlich froh, dass ich dich für das Projekt gewinnen konnte und will dich nicht gleich wieder verlieren. Nur weil du dich dort nicht hin traust, mit den Tausenden von Knutschflecken.“

Dankbar nehme ich ihr das Tuch aus der Hand und kontrolliere im Spiegel, ob es wirklich alles verdeckt, was es verdecken soll. Erleichtert seufze ich auf.

„Gut!“, sagt Sarah und mustert mich grinsend. „Außerdem soll nämlich niemand denken, *ich* wäre vielleicht das vampirartige Wesen, das dies verursacht hat.“

Erstaunt glotze ich sie an. „Du? Wieso du?“

„Wusstest du nicht, dass ich jetzt deine Geliebte bin?“ Sie bringt den Wagen an der nächsten roten Ampel zum Stehen und greift hinter sich, um mir eine Zeitung zu reichen. Auf der Titelseite ist erst ein Bild von Sarah, auf dem sie der Presse lächelnd Kusshände zuwirft und aussieht wie ein megasexy Pin-up-Girl. Und dann ist da ein Bild von uns beiden, auf dem sie die Hand auf meine Schulter gelegt hat und mit der anderen die Tür aufschließt.

Hat Matthew Johnsons Freundin eine Geliebte?

Diese Schlagzeile prangt in Fettschrift über den Bildern. Stirnrunzelnd lese ich weiter.

Sind Matt Johnsons Freundin die kühler werdenden Nächte zu einsam geworden?
Vorgestern haben wir mit Erstaunen festgestellt, dass Sophie Adam, die aktuelle Gespielin des allseits beliebten Bostoner Quarterbacks, sich auch in dessen Abwesenheit anscheinend gut zu helfen weiß.
Während er bei einem Auswärtsspiel war, um für uns einen wichtigen Sieg nach Hause zu tragen, hat sich die ansonsten eher unscheinbare Sophie offenkundig anderweitig amüsiert. Und es dabei mal so richtig krachen lassen! Und zwar mit der Frau, die dem ein oder anderen bereits als die Schwester des Wide Receivers Grayson White bekannt sein dürfte.
Die beiden Frauen schienen sich zumindest so gut zu verstehen, dass sexy Sarah gleich über Nacht geblieben ist.
Armer Matt – hast Du das wirklich verdient? Wir hätten trotzdem gerne Mäuschen gespielt.

Fassungslos starre ich abwechselnd auf den Artikel und auf Sarah, die in hemmungsloses Gelächter ausbricht.

„Sexy Sarah! So wollte ich immer schon heißen!“ Sie wischt sich eine Träne aus dem Augenwinkel und parkt gleichzeitig das Auto ein. Ich würde das Ganze gerne genauso locker sehen können. Und vermutlich könnte ich das auch, wenn ich mich nicht gleichzeitig so entsetzlich beobachtet fühlen würde. Und ungerecht behandelt. Als ob ich Matt betrügen würde, mit wem auch immer. Diese Unterstellung tut mir weh.

Mit einem tiefen Seufzen steige ich aus dem Auto.

Das kommt davon, wenn man liest, was in der Zeitung steht!

Seit dem Artikel über meine gelben Zähne habe ich es ganz bewusst vermieden, Klatsch und Tratsch über Matt und mich zu lesen. Ich weiß, dass ich kein dickes Fell habe und mit bösartigem Gerede nicht gut umgehen kann. Sarah konnte das natürlich nicht ahnen und der Artikel über uns beide ist ja irgendwie auch so abstrus, dass man ihn gar nicht ernst nehmen kann. Nur mir gelingt das trotzdem. Vielleicht war der Stress der letzten Tage auch einfach zu viel für mich.

Gott sei Dank lenkt mich die Arbeit schnell von meinen trüben Gedanken ab. Als es Zeit für die Mittagspause ist, habe ich den Ärger über den dämlichen Artikel schon fast vergessen.

Ich habe meinen Teil der Arbeit für heute schon erledigt, möchte mir aber anschließend noch die Proben für ein paar Szenen anschauen, mit denen ich selbst gar nichts weiter zu tun habe. Einfach nur um ein besseres Gefühl für das gesamte Stück zu bekommen.

Sarah und ich sitzen mit einem Sandwich in der Hand in der Kantine, als mein Handy klingelt, weil ich eine SMS bekommen habe. Ich fische es aus meiner Handtasche drücke auf „öffnen“ und starre dann eine Weile völlig irritiert auf die Zeilen, die ich zu lesen bekomme.

Ist Deine Freundin heute lang genug
weg, damit sie nichts mitbekommt?
Ich würde mich, wie besprochen,
gerne bei Dir treffen, da ist es
komfortabler und ruhiger.
Soll ich eine halbe Stunde früher da
sein, damit wir auch genug Zeit haben?
Freue mich schon, mein Süßer.
Kuss, C.

Wie paralysiert betrachte ich den Text und dann das Handy, bis ich begreife, dass es Matts Telefon ist und nicht meines, das ich heute Morgen in der Hektik eingesteckt haben muss. Dann lese ich den Text noch einmal durch und mir wird schlecht.

Er trifft sich, während ich unterwegs bin, heimlich mit einer anderen Frau. Vermutlich mit Chelsea, wenn ich diese SMS richtig deute. Er trifft sich also nicht nur mit einer anderen Frau, sondern mit der Frau, von der er abgestritten hat, sie überhaupt zu kennen. Er trifft sich mit der Frau, die unter Verdacht steht, etwas mit dem Einbruch und dem Schuss auf mich zu tun zu haben. Einer Aktion, die mich das Leben hätte kosten können.

Kein Wunder, dass er sich so dagegen gewehrt hat, dass ich mir Gedanken darüber mache, ob Chelsea und der Einbruch wohl in einem Zusammenhang miteinander stehen könnten! Er wollte seine dusselige Geliebte schützen! Nicht um *mich* ging es ihm dabei, sondern ausschließlich um *sie!*

Mir weicht alles Blut aus dem Gesicht und gleichzeitig bricht mir der kalte Schweiß aus.

„Sophie?“ Sarahs Stimme nehme ich wie aus weiter Ferne wahr. „Geht es dir nicht gut?“ Sie klingt besorgt.

„Mein Arm …“, stottere ich, weil mir nichts Besseres einfällt. „Ich glaube, ich habe ihn heute etwas überbelastet und jetzt schmerzt er ziemlich. Die Tabletten scheinen heute auch nicht richtig zu helfen“, füge ich dann noch schnell hinzu, damit es nicht ganz so sehr nach Ausrede klingt.

„Verstehe!“ Sarah steht auf und wirft ihre Serviette in den Müll, dann hilft sie mir vom Stuhl auf. „Du siehst auch ganz blass aus. Komm, ich fahr dich nach Hause, damit du dich ein bisschen hinlegen kannst. Matt wird mir den Kopf abreißen, wenn er sieht, dass ich nicht besser auf dich aufgepasst habe!“ Fürsorglich nimmt sie meinen Arm und bringt mich zum Auto.

Vermutlich ist er gerade viel zu sehr mit Chelsea beschäftigt und dass es mir nicht gut geht, wird sein geringstes Problem sein!

Die ganze Fahrt über schweige ich und merke, dass Sarah mir ab und an besorgte Blicke zuwirft.

„Erhol dich gut, ja? Ruh dich aus.“ Wir halten vor Matts Haus an. „Soll ich dich übermorgen wieder abholen kommen?“

Da bin ich bestimmt schon wieder in Deutschland!

Aber statt das zu antworten, nicke ich nur stumm. Nach dem Aussteigen schlage ich die Autotür hinter mir zu und gehe ins Haus. Bevor ich aufschließe, drehe ich mich noch einmal um, um ihr zuzuwinken, während sie darauf wartet, dass ich sicher im Haus ankomme. Die Scheißpresse steht auf der anderen Straßenseite und fotografiert munter. Wer weiß, was die wieder schreiben werden. Bevor noch jemand auf die Idee kommt, mich anzusprechen, beeile ich mich lieber hineinzugehen.

Ich bin kaum im Haus, als Matt auf mich zukommt, weil er mich gehört haben muss.

„Hey Honey!“, völlig arglos strahlt er mich an. „Du bist ja schon so früh zurück!“ Er versucht mich an sich zu ziehen, um mich zu küssen, aber ich lasse ihn nicht.

„Nimm deine dreckigen Pfoten von mir!“, zische ich leise.

„Hey, was ist denn los?“ Seine Hände umfassen meine Schultern, was vermutlich beruhigend wirken soll, doch es bewirkt das genaue Gegenteil. In mir scheint plötzlich alles zu explodieren.

„Du Arschloch!“, brülle ich ihn an. „Du betrügst mich! Du triffst Dich hinter meinem Rücken mit Chelsea! Ich hatte dein Handy mit und habe die verdammte SMS gelesen!“ Ich sehe völlig rot. Ich bin verzweifelt und wütend. Ich bin verletzt, ich habe

Angst und ich bin unendlich enttäuscht. Und diese unglaubliche Wut in mir beherrscht plötzlich alle anderen Gefühle. Ohne es ursprünglich beabsichtigt zu haben, fange ich plötzlich an, mit beiden Fäusten gegen seinen Brustkorb zu hämmern, so fest ich nur kann.

„Hey!", sagt Matt leise, eher erstaunt als reumütig. Er hält mich so weit auf Abstand, dass ich ihn nicht wirklich verletztten kann, und wartet dann so lange, bis ich mich ausgetobt habe und meine Erschöpfung sowie die Schmerzen in meinem Arm über meine Wut siegen. Ich breche weinend zusammen und Matt zieht mich an sich. Ich lasse es geschehen und obwohl ich es nicht will, berge ich mein Gesicht an seinem Hals und heule wie ein Schlosshund. Seine Nähe ist mir gerade immer noch lieber, als überhaupt niemanden zu haben. Ich fühle mich, als würde ich in tausend Teile zerspringen müssen, wenn mich jetzt niemand festhält. Und er hält mich!

„Sophie?", dringt Matts Stimme nach einer Weile zu mir durch und ich weiß nicht, wie lange er das jetzt schon versucht. „Sophie, ich weiß ja nicht, was du da gelesen hast, aber ich kann dir versichern, dass die SMS nicht von Chelsea war. Und auch das geplante heimliche Treffen mit der anderen Frau ist anders als du vermutlich denkst." Matt klingt irgendetwas zwischen besorgt und amüsiert, doch er ist kein bisschen schuldbewusst, was mich aufhorchen lässt. Ich versuche mich vergebens aus seinen Armen zu lösen, um ihm ins Gesicht sehen zu können.

„Wenn ich dich jetzt loslasse, hörst du dann auf, mich zu schlagen? Das tut nämlich wirklich weh!“ Er hält mich immer noch fest und streichelt dabei meinen Rücken.

„Ja, versprochen!“ Ich nicke und schniefe die letzten Tränen weg.

„Okay.“ Langsam und vorsichtig, als würde er dem Frieden noch nicht so ganz trauen, lässt Matt mich los.

„Und jetzt gib mir bitte mal das verdammte Handy, damit ich auch weiß, worum es geht.“

Nachdem ich es aus meiner Handtasche gekramt habe, öffnet Matt die letzte SMS und grinst schief.

„Oh, jetzt verstehe ich dich. Das kann man *wirklich* leicht falsch verstehen.“ Er tippt eine Antwort und lässt sie mich lesen, bevor er sie abschickt.

Hey Christin!
Sophie ist schon zu Hause.
Wenn Dir das recht ist,
dann kommen wir nachher
einfach zu dir. Dann kann
sie mitentscheiden!
Matt

„Christin?“, schniefe ich ungläubig und Matt lacht.

„Ja, Sophie. Nicht Chelsea. Und ich garantiere dir, das geplante Treffen hatte auch andere Gründe, als du angenommen hast. Wenn du Christin siehst …“ Er beißt sich auf die Lippen, vermutlich um ein Lachen zu verhindern. „Ich sag es mal so: Ich bin kein guter Wahrsager, aber ich bin mir ziemlich sicher, dass dir das heute noch leidtun wird.“ Und dann muss er doch noch lachen.

Er steht auf und hilft dann auch mir vom Boden hoch, auf dem ich immer noch sitze und nicht weiß, was hier gerade genau passiert.

„Komm. Du solltest dringend deine Schmerztabletten nehmen, ich befürchte, dein Arm dürfte dir die Attacke auf mich ziemlich übel nehmen.“

Zaghaft folge ich ihm in die Küche.

Kapitel 29

Das Schmerzmittel war bitter nötig. Obwohl ich sonst nur noch die halbe Dosis gebraucht habe, habe ich nach der Attacke auf Matt wieder die volle genommen und spüre meinen Arm trotzdem noch.

Irgendwie habe ich es geschafft, mein vom Heulen völlig verquollenes Gesicht mit jeder Menge kaltem Wasser und ebenso viel Make-up halbwegs wiederherzustellen. Nun sitze ich neben Matt im Auto und weiß nicht so richtig, was mich jetzt erwarten wird. Wie von selbst wandert meine Hand irgendwann auf sein Knie. Seine Finger umfassen meine, um sie sanft zu drücken und als ich seine Wärme an meiner Haut spüre, kehrt endlich ein bisschen Ruhe zu mir zurück.

„Ich liebe dich, Sophie", sagt Matthew ganz schlicht und ich bin viel zu durcheinander, um irgendetwas zu sagen. Ich presse fest die Zähne aufeinander, um die schon wieder aufsteigenden Tränen zu vertreiben und drücke stumm seine Hand.

Fünf Minuten später hält Matt vor einem Haus mit mehreren Nebengebäuden und einem wunderhübschen Bauerngarten an. Nach dem Aussteigen nimmt er wieder meine Hand.

„Sei nicht mehr so traurig, bitte. Es ist alles gut, du wirst es gleich sehen!"

Zusammen gehen wir zum Haus und Matt klingelt. Es dauert nicht lange, bis uns eine rundliche Frau mit grauen Haaren die Tür öffnet und über das ganze Gesicht strahlt, als sie uns sieht. Ich kann schlecht schätzen, wie alt sie genau ist, doch dreißig Jahre älter als Matt ist sie auf alle Fälle.

„Matthew, mein Süßer!“ Sie zieht ihn in eine mütterliche Umarmung und küsst ihn auf die Wange. Schlagartig breitet sich ein Grinsen auf seinem Gesicht aus, das ihn wirken lässt, als wäre er ein kleiner, frecher Lausbengel. Inklusive Grübchen in den Wangen, von denen ich hätte schwören können, dass sie sonst nicht da sind, wenn er lächelt.

„Christin …“, er greift wieder nach meiner Hand, „das hier ist Sophie, die Frau in meinem Leben. Und Sophie: Das ist Christin, eine alte Freundin meiner Familie!“

„Hi!“, schaffe ich noch zu hauchen, bevor sie mich ebenfalls umarmt und ich einen kurzen Moment lang Sorge habe, in ihrem üppigen Körper zu verschwinden und nie wieder aufzutauchen. Oder zumindest darin zu ersticken. Zum Glück wird dadurch vertuscht, wie rot ich geworden bin.

Das ist die Frau, deretwegen ich eine furchtbare Szene gemacht und Matt geschlagen habe!

Mein schlechtes Gewissen trifft mich mit voller Wucht, und es kommt noch schlimmer. Nachdem Christin mich losgelassen hat und ich wieder Luft bekomme macht sie eine einladende Geste in Richtung einer Tür.

„Dann kommt mal rein, ihr beiden!“, sagt Christin jetzt herzlich. Sie führt uns in die Küche, wo eine schwarze Labradorhündin träge in der Ecke liegt und fünf schwarze Fellbällchen munter bellend auf uns zutapsen.

„In zwei Wochen sind die Kleinen groß genug, um auszuziehen. Ich habe bisher noch keinen vermittelt, weil ich Matt den Vorzug lassen wollte. Aber wenn ich ihn richtig verstanden habe, dann soll der Hund nicht für ihn, sondern für dich sein, Sophie. Also hast du jetzt die Qual der Wahl!“ Sie lächelt freundlich und ich schaue Hilfe suchend und fragend zu Matt.

„Ich dachte, ein Hund wäre vielleicht gut, damit du nicht immer so alleine bist. Er kann ein bisschen auf dich aufpassen, wenn ich nicht da bin.“ Nach einem kurzen Moment der Unentschlossenheit setzt er dann noch hinzu: „Es sollte eigentlich eine Überraschung werden. Doch unter den gegebenen Umständen habe ich lieber darauf verzichtet.“ Er zieht die Augenbrauen vielsagend nach oben und mir ist die ganze Situation so fürchterlich unangenehm, dass ich am liebsten im nächstbesten Mauseloch verschwinden würde.

Allerdings komme ich nicht lange dazu, mich zu schämen, weil eines der kleinen Fellknäuel in diesem Moment versucht, meinen Schnürsenkel für sich zu erobern.

„Hey du kleines Monster!“ begrüße ich den Welpen und er wedelt freudig mit dem Schwanz. Ich nehme ihn auf den Arm und mit einem zufriedenen Seufzen legt er seinen kleinen Kopf auf meiner Schulter ab.

Christin und Matt beobachten die Szene lächelnd.

„So wie das aussieht, können wir den Besichtigungstermin vorzeitig beenden, weil die Entscheidung schon gefallen ist!“ Christin klingt zufrieden und auch Matt scheint sehr stolz auf sich zu sein.

Wir bleiben noch zu einer Tasse Kaffee und einem vorzüglichen Stück Apfelkuchen, während der kleine Welpe gar nicht mehr von meinem Schoß herunter möchte. Ich kraule seine kleinen, weichen Ohren und er schläft ein.

„Es ist übrigens ein Rüde“, informiert Christin mich und macht eine Bewegung in Richtung des Hundes auf meinem Schoß.

„Hat er schon einen Namen?“

„Nein, bei mir heißen sie noch alle Puppy. Ich wollte die Namensgebung den neuen Besitzern überlassen. Hast du schon eine Idee?“

Ich schüttle den Kopf.

„Uns wird schon etwas einfallen!“ Matt fährt dem Kleinen mit den Fingerkuppen durchs Fell, woraufhin dieser ihm leise grunzend seinen Bauch hinstreckt und dabei fast von meinem Schoß fällt. Matt pikst ihm liebevoll in seinen kleinen, runden Hundebauch.

„Du siehst aus, wie ein kleiner, dicker Schokomuffin!“, sagt er lachend und der kleine Welpe grunzt noch einmal,

„Willst du so heißen, mein Kleiner? Bist du unser dicker Mr. Muffin?“ Träge öffnet er ein Auge, um es sofort wieder zu schließen und mit einem tiefen Seufzen erneut einzuschlafen.

„Es scheint beschlossene Sache zu sein!“ Christin sieht hochzufrieden aus, während sie uns noch ein weiteres Stück Kuchen auf den Teller lädt.

Kapitel 30

Auf dem Heimweg stellt sich mit aller Macht das schlechte Gewissen bei mir ein.

„Matt?“

„Hm?“ Ich bin froh, dass er zum Fahren auf die Straße schauen muss, statt mich ansehen zu können, das macht es irgendwie einfacher.

„Es tut mir so leid, Matt. Und ich schäme mich so sehr! Als ich das heute gelesen habe … ich habe einfach völlig rotgesehen. Bitte entschuldige, dass ich so ausgerastet bin. Ich hätte dich stattdessen erst zur Rede stellen sollen.“

„Ja, das hättest du in der Tat machen sollen, Sophie.“ Er greift nach meiner Hand und legt sie zusammen mit seiner auf seinem Bein ab. Wie so oft, wenn wir zusammen im Auto sitzen. Dann stiehlt sich ein kleines Lächeln auf sein Gesicht. „Allerdings muss ich ehrlich zugeben, dass wir beide lieber gar nicht wissen wollen, was passieren würde, wenn ich so eine SMS auf deinem Handy gelesen hätte. Ich hätte vermutlich vor der Haustür geschlafen, um deinem vermeintlichen Liebhaber aufzulauern und ihn krankenhausreif zu schlagen.“ Nach einem Seitenblick auf mich und einem schiefen Lächeln fügt er noch hinzu „Also probiere es lieber gar nicht erst aus, dir einen Liebhaber zuzulegen, Honey!

Und in der Zeitung standen heute auch seltsame Dinge über Sarah und dich.“ Mit gespieltem Ermahnen hebt er seinen Zeigefinger.

Wir beide müssen lachen und es wirkt befreiend.

Trotzdem ist mir das Ganze noch immer entsetzlich unangenehm. Er wollte mich überraschen, mit einem Hund, damit ich nicht immer alleine sein muss. Solche Gedanken hat sich noch nie jemand um mich gemacht. Und was mache ich? Ich komme nach Hause, raste völlig aus und schlage wie eine Furie auf ihn ein. Wenn ich nur daran denke, dann steigt mir immer noch die Röte in die Wangen. Schnell verberge ich mein glühendes Gesicht in meinen Händen, was von Matt natürlich nicht unbemerkt bleibt und mit einem leisen Lachen seinerseits quittiert wird. Sanft greift er nach meinem linken Handgelenk und zieht so meine Hand wieder von meinem Gesicht weg.

„Hör auf dir Vorwürfe zu machen, Sophie. Es ist ja nichts passiert. Wir haben doch alles wieder in Ordnung gebracht. Und außerdem habe ich jetzt etwas, das ich immer gegen dich verwenden kann, wenn wir mal Streit haben.“ Sein Lächeln breitet sich schelmisch auf seinem gesamten Gesicht aus. „Du darfst also nie wieder mit mir schimpfen, wenn du die ganze Story nicht immer wieder aufs Brot geschmiert bekommen möchtest. Und glaube mir: Diese Geschichte werde ich dir noch vorhalten, wenn wir irgendwann mal alt und grau nebeneinander auf der Veranda sitzen und unseren Urenkeln beim Spielen zusehen. Und wenn du dann mit mir schimpfst, weil ich wieder mal meine Zehennägel nicht ordentlich geschnitten und die Socken vom Vortag angezogen habe, dann werde ich nur sagen: Weißt du noch, damals, als ich dir den Hund schenken wollte … Du wirst ganz kleinlaut werden und ich habe meine Ruhe."

Ich muss lachen. „Eine schöne Vorstellung. Bis auf die Socken vom Vortag und die Zehennägel."

„Finde ich auch!", gibt Matthew ganz ernst zurück. „Eine sehr schöne Vorstellung sogar."

Ich nehme seine Hand und küsse seine Fingerknöchel.

„Ich habe die Therapeutin angerufen, deren Nummer du mir gegeben hast und für nächste Woche einen Termin vereinbart." Keine Ahnung, warum ich ihm das ausgerechnet jetzt sage, aber es scheint mir gerade wichtig zu sein.

„Das ist gut, Sophie." Matt lächelt zufrieden und meine kleine Welt kehrt langsam wieder zurück in ihre geordneten Bahnen.

Als wir vor unserem Haus ankommen, steht dort schon Detective Carpenter und wartet auf uns.

„Gibt es Neuigkeiten, Detective?" Matt gibt er höflich die Hand, mir nickt er kurz zu.

„Könnte ich kurz hereinkommen?"

„Natürlich!" Matt schließt auf und führt ihn in den Salon, wo der Detective und ich uns hinsetzen, Matt jedoch stehen bleibt.

Er kann ihn nicht leiden!

Diese Erkenntnis erfüllt mich mit Genugtuung, denn Detective Carpenter gehört zu den überheblichsten Personen, die mir je untergekommen sind. Es ist gar nicht mal so sehr das, was er sagt, sondern vor allem, wie er es sagt, was ihn wie einen arroganten Wichser wirken lässt.

„Mein Kollege hat diese …“, er wirft einen Blick in seine Notizen, als wäre es zu viel von ihm verlangt, sich unseren unwichtigen Mist merken zu müssen, „… diese Chelsea überprüft. Sie hat sich als völlig harmlos erwiesen. Ich habe mir ja gleich gedacht, dass Sie sich da nur etwas einbilden. Nach solchen Erlebnissen sehen manche Menschen schnell Gespenster.“ Er lächelt gnädig und nachsichtig – in etwa so, wie man es bei einem kleinen Kind machen würde, das etwas einfach nicht besser weiß.

Wie bitte? Er war doch derjenige, der meinte, sie könne etwas damit zu tun haben. Dämliches Arschloch!

Ich höre, wie Matt ganz tief einatmet. Kurz sehe ich einen kleinen Muskel an seinem Kiefer zucken, dann hat er sich wieder unter Kontrolle und atmet langsam wieder aus.

„Gibt es sonst noch etwas, Detective? Sie sind doch bestimmt nicht hier hergekommen, um uns zu erzählen, dass Sie letztlich nichts wissen!“

Detective Carpenter sieht Matt irritiert an, als wäre es ihm völlig unverständlich, dass Matt seine Informationen nicht mindestens grenzgenial fand.

„Nein, natürlich nicht. Ich bin hier, um Ihnen mitzuteilen, dass wir den Einbrecher gestern gefasst haben. Es war eine Bande von Jugendlichen, die hier in der Gegend eine ganze Serie von Einbrüchen verursacht haben. Und sie haben bereits alles gestanden." Bei diesen Worten bläst er sich auf wie ein stolzer Gockel. „Im Moment benötigen wir also keine weiteren Aussagen von Ihnen. Ich für meinen Teil betrachte den Fall als abgeschlossen!"

„Danke, Detective", erwidert Matt nur ganz schlicht und bringt ihn dann zu Tür.

Als er weg ist, atme ich tief durch.

Sie haben ihn! Gott sei Dank.

Matt lässt sich neben mir auf das Sofa fallen und zieht mich an sich.

„Erleichtert?" Er küsst meine Schläfe.

„Sollte ich sein, oder?" Mein Kopf lehnt sich wie von selbst gegen seine Schulter.

„Bist du nicht?"

„Irgendwie nicht, nein. Es fühlt sich immer noch genauso an wie vorher. Wahrscheinlich dauert es noch eine Weile, bis ich das wirklich registriert und verarbeitet habe."

„Dein Gehirn ist ja auch nicht das leistungsfähigste. Ich sag nur zwei Worte: SMS und Hund!"

Lachend nehme ich das Sofakissen und haue es ihm auf den Kopf, dann werde ich wieder ernst.

„Manchmal, nein, eigentlich immer, bin ich ganz erstaunt, dass du es mit mir aushältst. Und mit meinem unzureichend leistungsfähigen Gehirn." Mein Mund verzieht sich zu einem halben Lächeln. Gedankenverloren spielt Matt mit meinen Fingern und es dauert eine ganze Weile, bis er mir antwortet. Dann klärt sich sein Gesichtsausdruck und er schaut mir in die Augen.

„Liebe ist eine erstaunliche Sache, Sophie. Wir suchen uns nicht aus, wen wir lieben, das liegt nicht in unserer Macht. Aber seit ich dich kenne, habe ich das Gefühl, dass es auch gut so ist. Wenn es nur nach unserem Verstand gegangen wäre, hätten wir einander dann gewählt? Ich denke nicht. Du hättest dich niemals wieder auf eine Beziehung eingelassen und schon gar nicht mit mir. Und wenn ich nur meinem Verstand die Wahl gelassen hätte … wenn ich ganz ehrlich sein soll, dann hätte ich mir bestimmt jemanden gesucht, der nicht Tausende von Kilometern weit weg lebt. Und vielleicht auch jemanden, dessen Gehirn ein bisschen unkomplizierter läuft." Er zwinkert mir zu und ich muss lachen, aber er spricht bereits weiter. „Bevor du jetzt wieder in Selbstzweifeln versinkst, möchte ich dir noch etwas anderes sagen. Ich bin froh, dass ich diese Entscheidung nicht meinem Verstand überlassen habe. Ich bin so verdammt froh darüber, dass du es dir nicht mal ansatzweise vorstellen kannst. Die Zeit, die wir getrennt waren … das war die Hölle für mich. Und jedes Mal, wenn wir uns streiten, habe ich das Gefühl, die dämliche Sonne wird in meinem kleinen, beschaulichen Leben erst dann wieder für mich scheinen, wenn wir endlich wieder versöhnt sind. Aber all das macht nichts, denn es verblasst dagegen, wie gleißend hell die scheißverdammte Sonne für mich scheinen kann, wenn du bei mir bist und mir nur ein einziges Lächeln schenkst. Ehrlich, Sophie. Jedes Mal, wenn du für mich lächelst und sich dieses süße kleine Grübchen in deiner rechten Wange bildet, schlägt mein Herz schneller. Und erst seitdem es dich in meinem Leben gibt, kann ich nachvollziehen, warum es Menschen gibt, die aus Liebe saudumme Sachen tun. Ein zum Kotzen kitschiges, furchtbares Gedicht zu schreiben etwa … oder einem guten Freund auf einer Party ein paar aufs Maul zu hauen.“

Ich schlucke schwer. Was soll ich auf so ein Geständnis schon antworten? Schließlich beuge ich mich zu ihm und küsse ihn sanft auf die Lippen.

„Danke Matthew“, flüstere ich an seinem Mund. „Ich danke dir so sehr dafür. Ich liebe dich.“

Er zieht mich so fest in seine Arme, wie meine Verletzung das zulässt und es dauert sehr lange, bis einer von uns beiden sich traut, sich wieder zu rühren.

Kapitel 31

Nach den Unruhen der Wochen zuvor sind die letzten vierzehn Tage beinahe in beschaulicher Ruhe vergangen. Es ist so, als wären all die Ängste und Sorgen, der Streit und der Schmerz wie ein reinigendes Gewitter gewesen, nach dem sich die vorher stickige und aufgeladene Luft wieder klar und gut anfühlt.

Ich war insgesamt schon vier Mal bei meiner Therapeutin, die sehr nett ist und bei der ich viel mehr erzähle als ich eigentlich will. Aber das ist in diesem Fall wohl eher ein gutes als ein schlechtes Zeichen. Ob es mir wirklich etwas bringt, kann ich noch gar nicht sagen, ich habe ja auch nie das Gefühl gehabt, wirklich ein Problem zu haben. Doch schaden tut es mir auf keinen Fall.

In drei Tagen können wir unseren Hund abholen! Ich freue mich wahnsinnig darauf.

Zusammen mit Matt stehe ich im Supermarkt und kaufe, was man für so ein kleines Flohtaxi alles so braucht. Matt trägt ein Basecap, das er tief ins Gesicht gezogen hat, aber wie immer dauert es nicht lange, bis ihn die ersten Fans trotzdem erkannt haben. Geduldig gibt er Autogramme, während ich brav daneben stehe. Irgendwann schafft er es, sich freundlich aus dem kleinen Pulk, der sich gebildet hat, loszulösen und kommt wieder zu mir.

„Ich brauche noch Eis!“ Er legt den Arm um mich und ich fühle mich an unseren ersten gemeinsamen Einkauf hier erinnert. Während er den Wagen mit verschiedenen Eissorten belädt, schaue ich mich nachdenklich um. Auch dieses Mal werden wir beobachtet.

Und dann fällt es mir ein. Die dunkelhaarige Frau, die mir damals aufgefallen ist ... das war Chelsea! Daher hat sie gewusst, welche Matts Lieblingssorte ist!

Ich fühle mich so, wie sich Sherlock Holmes gefühlt haben muss, wenn er einen besonders schweren Fall gelöst hat und bin ganz stolz auf mich, dass mir die Lösung dieses Rätsels eingefallen ist.

„Du siehst so zufrieden aus!“ Matt küsst mir auf die Nasenspitze.

„Das bin ich auch!“ Ich ziehe ihn an mich heran und küsse ihn, mitten im Supermarkt, vor allen Leuten. Irgendwer macht ein Foto von uns und ein anderer applaudiert, aber mir ist das gerade total egal. Ich bin einfach nur glücklich.

Nachmittags muss Matt zum Training und ich habe einen Arzttermin zur Kontrolle meiner Schusswunde.

Vorsichtig schaut der Arzt sich die gut verheilte Wunde an und bewegt meinen Arm in alle Richtungen.

„Haben Sie noch starke Schmerzen? Benötigen Sie das Schmerzmittel noch?“ Er betastet meinen Arm von allen Seiten.

„Nein, eigentlich habe ich kaum noch Schmerzen.“ Ich kann mich gar nicht konkret daran erinnern, wann ich die Tabletten das letzte Mal nehmen musste, es muss über eine Woche her sein. Das deute ich als wirklich gutes Zeichen.

Auch der Arzt nickt zufrieden.

„Das sieht alles sehr gut aus! Die Wunde ist wirklich gut verheilt. Sie haben großes Glück gehabt, das hätte auch ganz anders enden können. Ich würde sagen: Sie sind wieder voll einsatzfähig!“ Lächelnd überlässt er meinen Arm wieder mir selbst. Im Herausgehen dreht er sich noch einmal zu mir um. „Aber übertreiben Sie es nicht gleich!“

Anstelle einer Antwort lächele ich nur freundlich zurück.

Übertreiben? Ich? Niemals ...

Zum Glück ist der Arzt schon aus dem Untersuchungszimmer gegangen, bevor ich das breite Grinsen nicht mehr zurückhalten kann.

Lachend verlasse ich die Praxis und schicke Matt eine SMS.

Der Arzt sagt, ich sei wieder
voll einsatzfähig. Also
mach dich heute auf eine
Nachspielzeit gefasst. :-D

Keine zwei Minuten später kommt seine Antwort.

Ich erwarte Dich nackt.
In meinem Bett.
In zwei Stunden.

Zu Hause gehe ich erst einmal duschen und ziehe mir anschließend die graue, halbtransparente Unterwäsche an, die Matt so sehr mag. Weil ich jedoch noch über eine Stunde Zeit habe, bis Matt heimkommen wird, ziehe ich meine Kleidung wieder drüber und setze mich an meinen Schreibtisch, um bis dahin noch zu arbeiten. Die letzten Wochen über ist so viel liegen geblieben, dass jetzt jede Minute, die ich an meinem Schreibtisch verbringe, wichtig ist.

„Hey, Sophie!“ Matts sonore Stimme ist rau und tief. Langsam lege ich den Stift aus der Hand und drehe mich zu ihm. Im Türrahmen lehnend und mit verschränkten Armen lächelt er mich an. Sein Lächeln ist wölfisch und in seinen Augen kann ich dieses ganz gewisse Funkeln erkennen. Seine Haare fallen ihm verwegen in die Stirn, und als er ganz langsam in Richtung meines Schreibtisches geht, stockt mir für einen Moment der Atem. Unter seinem engen T-Shirt zeichnen sich seine Muskelpakete ab und ich beobachte fasziniert, wie sich sein Sixpack bewegt, während er weiter auf mich zukommt.

Ich muss mich zweimal räuspern, bevor meine Stimme mir gehorcht.

„Du bist ja schon zu Hause!“, sage ich dann völlig überflüssigerweise.

„Das bin ich!“, schnurrt er ganz nah vor mir. Mit beiden Händen ergreift er die Rückenlehne meines Schreibtischstuhls und dreht mich ganz zu sich herum.

„Hatten wir nicht vereinbart, dass du im Schlafzimmer auf mich warten sollst?“ Es ist unmöglich, seine Stimmlage zu deuten, beinahe klingt er ein bisschen drohend, aber das Funkeln, das seine Augen immer noch nicht verlassen hat, widerspricht dem. Er stützt sich mit den Armen auf den Stuhllehnen ab und ich bin zwischen seinem Körper und meinem Schreibtischstuhl gefangen. Meine Brustwarzen richten sich in freudiger Erwartung auf und drücken gegen meinen BH.

„Ich habe fest damit gerechnet, dich nackt in unserem Bett vorzufinden. Ich muss gestehen, jetzt bin ich ein wenig enttäuscht von dir.“ Sein Gesicht ist ganz nah vor mir und ich kann nur auf seinen Mund starren. Nervös lecke ich mir über die Lippen und Matt zieht einen Mundwinkel zu einem schiefen Lächeln nach oben.

„Du weißt ganz genau, wie man einen Mann in den Wahnsinn treibt, stimmt's, Sophie?“ Mit dem Daumen streicht er über meine Unterlippe und meine Lippen öffnen sich ein kleines Stück. „Und du weißt vor allem ganz genau, wie du *mich* in den Wahnsinn treibst!“

Sein Mund streift meinen fast so, als wäre es nur eine zufällige Berührung und genau genommen bin gerade ich diejenige, die sich dem Wahnsinn nahe fühlt.

„Los, zieh dein Oberteil aus!“ Matts Stimme duldet keinen Widerspruch, aber ich reiße dennoch erstaunt die Augen auf. Matt beantwortet meinen Gesichtsausdruck, indem er eine Augenbraue hochzieht.

„Du willst mich doch nicht noch mehr enttäuschen, Sophie?" Seine Lippen flattern sanft über meinen Hals. „Los, zieh jetzt dein Oberteil aus!"

Ich greife nach dem Saum meines Tops und ziehe es über meinen Kopf. Matts Spiel erregt mich. Es macht mich an, wenn er so bestimmend ist, zumindest beim Sex. Und dass ich weiß, dass es nur ein Spiel ist, gibt mir die Sicherheit, mich darauf einlassen zu können und es zu genießen.

Sein Blick wandert über meine nackte Haut und er lächelt zufrieden, bevor seine Lippen wieder sanft auf meinen landen. Kaum mehr als eine Andeutung, aber es ist ein Versprechen auf das, was noch folgen wird. Er lächelt mit der trägen Selbstgefälligkeit einer Raubkatze und ich bin seine Beute, sein williges Opfer. Er packt mich an meinen Oberarmen und zieht mich vom Stuhl hoch, um mich dann hochzuheben und auf dem Schreibtisch wieder abzusetzen. Mein Rock bauscht sich dabei um meine Hüften und Matt schiebt ihn mir lächelnd bis zur Taille nach oben. Meine Knie drückt er leicht auseinander um sich dann dazwischen zu stellen, während er gleichzeitig meinen BH öffnet und meine Brüste daraus befreit.

„Schon so bereit, Sophie?" Zufrieden umkreist sein Zeigefinger meine aufgestellten Nippel, bevor er sich zu mir herunterbeugt und sie mit den Lippen umschließt. Dann spüre ich seine Zähne und er beißt zu. Ich habe damit nicht gerechnet und zucke zusammen, eher vor Schreck als vor tatsächlichem Schmerz, und will mich ihm gerade entziehen, als seine Zunge meine empfindliche Knospe zu liebkosen beginnt. Sanft und lindernd leckt er die nun besonders empfindlichen Spitzen meiner Brust, während ich die Augen schließe und den Kopf in den Nacken fallen lasse. Dann widmet er sich meiner anderen Brust. Schon vorab erschaudere ich in der Erwartung des leichten Schmerzes seines Bisses und er enttäuscht mich nicht. Als der Schmerz endlich eintritt, ziehe ich die Luft scharf ein und ich stöhne leise, als daraufhin die zarte Liebkosung seiner Zunge folgt. Seine Hände spüre ich an der Innenseite meiner Schenkel. Sie streicheln die zarte Haut und wandern langsam höher, hinterlassen ein Prickeln, das sich weiter nach oben fortsetzt, um sich dann in meiner Mitte einzunisten. Dann sind seine Daumen am Rand meines Höschens angekommen und er spielt einen Moment lang damit, bis er sie darunter schiebt und über meine Scham zu streicheln beginnt. Mein ganzer Körper steht in Flammen. Ich schaue ihm in die Augen und sehe das berechnende Funkeln darin und seine eigene Erregung darunter. Sie wirkt wie ein Katalysator auf meine Lust und ich beiße mir auf die Unterlippe, um zu verhindern, dass ich aufkeuche. Matt bemerkt trotzdem, was mit mir los ist und lässt von mir ab, macht einen Schritt nach hinten.

„Eigentlich sollte ich dich nicht noch dafür belohnen, dass du dein Versprechen nicht gehalten hast, Sophie!“ Er legt den Kopf schief und schaut mich an.

Ich bin bereits weit über den Punkt hinaus, an dem ich mich geniere und falsche Scheu walten lassen würde. Ich will nur noch eines und das ist Matt. Aber er steht nur da und beobachtet mich, auf seinem Gesicht macht sich ein selbstgefälliger Ausdruck breit, weil er genau sieht, was er da mit mir macht.

„Matt …“, seufze ich seinen Namen.

„Was denn, Sophie?“ Seine Zähne blitzen weiß auf, er weiß ganz genau, was ich von ihm will. Schamlos spreize ich meine Beine in einer aufreizenden und einladenden Geste, in der Hoffnung, dass er dem nicht widerstehen kann. Doch Matt widersteht.

„Was soll ich für dich tun, Sophie?“ Noch immer hat er sich keinen Zentimeter von der Stelle bewegt.

„Fass mich an, bitte!“, sage ich mit zittriger Stimme.

„Wo und wie? Los, zeig es mir! Zeig mir, wie du es magst!“ Er verschränkt die Arme und sieht mich an, als wüsste er genau, dass ich machen werde, was er von mir verlangt.

Ich überlege kurz, ob ich das wirklich machen will, dann trifft sein Blick erneut den meinen. Darin stehen die Gewissheit seines Sieges, Erwartung, Begehren und Liebe. All meine Hemmungen lösen sich in Wohlgefallen auf und wie von selbst wandern meine Hände zwischen meine Beine. Durch den dünnen Stoff meines Höschens hindurch beginne ich mich zu reiben.

Matts Augen werden dunkler, als er mich dabei beobachtet. Ich werde mutiger und schiebe mein Höschen im Schritt zur Seite, sodass er uneingeschränkte Sicht auf meine schon feucht glänzende Spalte hat. Ich lasse meine Finger durch sie hindurchgleiten, teile vorsichtig mein weiches Fleisch und verteile die Nässe, die sich bereits gebildet hat.

Beinahe im selben Moment ist Matt wieder bei mir und küsst mich, während er gleichzeitig versucht, sich seine Kleidung auszuziehen und danach meine verschwinden lässt.

„Ach, scheiß doch auf die Spielchen“, keucht er atemlos in mein Ohr. „Ich habe so lange darauf verzichten müssen, ich will nicht noch länger warten!“ Unmittelbar danach spüre ich seine Erektion an meinem nassen Eingang und er entlockt mir ein leises Wimmern. Dann ist er in mir. Wir verharren einen Augenblick in völliger Bewegungslosigkeit, bevor wir fast gleichzeitig anfangen uns wieder zu bewegen.

„Das fühlt sich so gut an!“ Ich schließe meine Augen, um ihn noch besser fühlen zu können, um mir nicht das kleinste Detail dieses köstlichen Gefühls des Ausgefülltseins entgehen zu lassen.

„Ja, es fühlt sich grandios an.“ Er küsst mich und hört nicht mehr auf damit und wir verlieren uns ineinander, bis ich in einer süßen Explosion um ihn herum komme, mich an ihm festhalte und ihn mit mir nehme.

Erst am späten Abend komme ich schließlich dazu, die Übersetzungen fertigzustellen, die ich nächste Woche abgeben muss.

Durch das Theaterprojekt, das momentan den Löwenanteil meiner Zeit frisst, ist es das erste Mal, dass ich unter Zeitdruck stehe, aber wie bei vielen anderen Menschen auch ist es diesmal gerade der Zeitdruck, der mich zu Höchstformen auflaufen lässt. Am Ende bin ich richtig stolz auf mein Werk und mich.

Nachdem ich die Übersetzung in eine E-Mail gepackt und auf ‚senden‘ geklickt habe, räume ich meinen Schreibtisch auf und betrachte nachdenklich die leere Arbeitsplatte.

Lukas hat mir meine Sachen immer noch nicht geschickt, obwohl er steif und fest behauptet hat, sie hätten schon längst bei mir ankommen müssen. Seufzend greife ich zum Telefon, um ihm die Leviten zu lesen, als ich Matt auf der Treppe höre. Er kommt mit einem Paket auf dem Arm in mein Zimmer.

„Das ist für dich angekommen, ich habe den Paketdienst gerade abgefangen, als ich den Müll rausgebracht habe!“ Lächelnd überreicht er mir das Paket. Ein kurzer Blick auf den Paketaufkleber genügt und ich weiß sofort, dass es von Lukas ist. Mein Herz macht einen freudigen kleinen Hüpfer.

Neugierig sieht Matt mir beim Auspacken zu, während ich nach und nach Familienfotos und Erinnerungsstücke herausnehme und in meinem Zimmer verteile. Als ich ganz unten im Paket angekommen bin, ist da ein Bilderrahmen, den ich nicht kenne, genau wie die anderen dick in Luftpolsterfolie verpackt. Verwundert wickele ich es bis zur Hälfte aus der Folie aus und entdecke ein Bild von Matt und mir, das ich noch nicht kenne. Das Foto ist schwarz-weiß und Matt und ich sitzen lachend Arm in Arm in der Küche seiner Eltern und sehen zufrieden aus. Die restliche, sich noch um das Bild befindende Folie landet im nun ansonsten leeren Karton.

Erst jetzt entdecke ich eine Schleife, die an dem Bilderrahmen befestigt ist und am Ende dieser Schleife ist ein Diamantring befestigt. Meine Finger fahren die Kontur des Ringes nach und es braucht eine ganze Weile, bis mein Gehirn die Indizien, die mir der Bilderrahmen liefert, zu einer logischen Schlussfolgerung zusammengefügt hat. Ich drehe mich zu Matt herum, der breit grinsend hinter mir steht.

„Matt …“, flüstere ich, zu mehr ist mein überlastetes Hirn anscheinend gerade nicht fähig.

Matthew kommt zu mir und sein Daumen streicht über meinen Wangenknochen und erst jetzt fällt mir auf, dass mir die Tränen herunterlaufen. Er küsst mich, ein sanfter, zärtlicher Kuss, der meine Lippen nur kurz berührt. Fassungslos blicke ich auf Matt, der vor mir auf die Knie sinkt.

„Heiratest du mich, Sophie?“ noch immer lächelt er strahlend. Erst als ich immer noch nicht antworte, sondern nur wie erstarrt dastehe, wird er ernst.

„Sag ja, Sophie, bitte sag ja!“ Aus himmelblauen Sternchenaugen schaut er zu mir hoch.

Wie in Trance sinke ich langsam selbst auf meine Knie, umarme ihn, küsse ihn, lang und zärtlich.

„Ja“, hauche ich schließlich an seinen Lippen, „ja, ja, ja, ja!“, und küsse ihn wieder.

Und während ich mich in seiner Umarmung verliere, ist es ein einzelner Satz, der sich in meinem völlig überlasteten Hirn zu einem klaren Gedanken formt.

Hier gehöre ich hin!

Endlich.

Epilog

Die Braut sieht wunderschön aus, als sie die Kirche betritt. Das Kleid ist schlicht und elegant zugleich und sie strahlt mit dem Bräutigam wahrlich um die Wette. Noch nie hat sie so schön ausgesehen wie an diesem Tag. Und Matt noch nie so glücklich.

Chelsea wird ganz schlecht, als sie das sieht. Sie bleibt in der Kirche, bis die beiden verliebt ihr Jawort gehaucht haben, dann verlässt sie fluchtartig die Lokalität.

Sie hat alles, wirklich alles getan, um Matt für sich zu gewinnen, aber all ihre Bemühungen waren vergebens. Sogar der Typ, den sie beauftragt hat, bei Matthew einzubrechen, um Sophie zu vertreiben, hat nichts bewirken können. Zu ihrem Glück war die Polizei dämlich genug, ihr zu glauben, dass sie mit der ganzen Sache nichts zu tun hatte. Und ihr Einbrecher war dämlich genug, mit den Einbrüchen weiter zu machen und sich erwischen zu lassen. Immerhin hat er die Klappe gehalten. Geholfen hat das allerdings alles nichts. Denn jetzt hat diese dämliche, deutsche Schlampe Matt geheiratet! Chelseas Matthew! Sie kann es immer noch nicht richtig glauben.

Doch die Ehe ist heilig, das hat ihr ihre Mutter beigebracht und Ehebruch ist eine der schlimmsten Sünden überhaupt. Und zwar für alle, die daran beteiligt sind. Und wenn ein Mann sich für eine andere Frau scheiden lässt, käme auch das einem Ehebruch gleich.

Natürlich hat ihre Mutter auch etwas Ähnliches über das Lügen erzählt. Doch Chelsea kann sich nicht vorstellen, dass eine kleine Lüge ab und an genauso schlimm sein könnte, wie die Ehe zu brechen. Vorsichtshalber wird sie trotzdem mal wieder zur Beichte gehen.

Nur Matthew Johnson … den muss sie nun leider abschreiben. Mit einem tiefen Seufzen wirft sie das Notizbuch in den Mülleimer, in dem sie alle relevanten Informationen über Matt notiert und gesammelt hatte. Dabei fällt ihr Blick auf den stattlichen Detective, der sie vorhin einfach hereingelassen hat, ohne ihr Beachtung zu schenken. Obwohl er eigentlich für die Sicherheit hätte sorgen sollen und niemand Fremden hätte hereinlassen dürfen. Was, wenn sie jetzt eine durchgeknallte Irre gewesen wäre? Neugierig betrachtet Chelsea ihn eingehender. Er ist durchaus gut aussehend, nicht ganz so muskulös wie Matt, aber trotzdem ein Mann, in dessen starke Arme sich eine Frau gut flüchten kann. Und ein Polizist würde ihrer Mutter bestimmt gut als Schwiegersohn gefallen! Vielleicht sogar besser als ein Footballspieler. Der könnte für den Geschmack ihrer Mutter zu viel fluchen, da ist sie empfindlich. Chelsea runzelt die Stirn.

Langsam geht sie in seine Richtung und schenkt ihm scheinbar keinerlei Beachtung, bis sie so nah bei ihm ist, dass sie sein Aftershave bereits riechen kann. Dann macht sie absichtlich einen unsicheren Schritt vorwärts und lässt sich fallen. Umgehend findet sie sich an seiner festen, männlichen Brust wieder.

„Huch“, haucht Chelsea, „ich muss wohl gestolpert sein!“ Aus lang bewimperten Augen klimpert sie ihn an. „Bitte verzeihen Sie, Sir!“ Sie schenkt ihm ein zuckersüßes Lächeln.

„Kein Problem, Miss …“ er hilft ihr, sich aufzurichten.

„Grades. Miss Chelsea Grades!“ Sie lächelt erneut.

„Detective Bruce Carpenter“, erwidert er und reicht ihr die Hand. „Es ist mir eine Freude, Sie kennenzulernen, Miss Grades!“

Carpenter! Sie wiederholt es innerlich. *Mrs. Chelsea Carpenter! Das klingt wundervoll.*

Sie streicht sich eine Strähne ihres glänzenden, braunen Haares hinters Ohr und leckt sich über ihre vollen Lippen.

„Würden Sie vielleicht etwas mit mir trinken gehen, Mr. Carpenter? Als Dank dafür, dass Sie mich gerettet haben?“

Detective Bruce Carpenter hält kurz inne, dann neigt er den Kopf in einer zustimmenden Geste. „Es wäre mir eine Freude, Miss Grades!“ Er reicht ihr seinen Arm, sie hakt sich unter und zusammen verlassen sie den Kirchplatz.

Keine Minute später verlässt ein selig lächelndes Brautpaar glücklich die Kirche. Um ihre Beine herum läuft ein übermütig bellender, schwarzer Hund mit einer weißen Schleife um den Hals.

„Ich liebe dich!“, flüstert Sophie lächelnd in Matthews Ohr.

„Und ich liebe dich, Sophie. Meine Ehefrau!“ Es bleibt gerade noch Zeit für einen kurzen Kuss, bevor die Legionen von Gratulanten über sie herfallen.

Die Feierlichkeiten scheinen für Matt eine halbe Ewigkeit zu dauern. Nur widerwillig lässt er Sophie los, um immer wieder Gratulationen entgegenzunehmen. Oder um sie mit anderen Männern tanzen zu lassen. Mit ihrem Bruder … mit seinem Vater … mit dem Coach … mit dem halben verdammten Team. Als Grayson sie irgendwann auffordert, wird es ihm zu bunt.

Entschlossen und eine halbherzige Entschuldigung murmelnd, lässt er die dümmlich lächelnde Blondine stehen, die er nicht kennt und die ihm seit mehreren Minuten schöne Augen zu machen versucht. Und das auf seiner Hochzeit! Mit großen Schritten drängt er sich zwischen den tanzenden Paaren durch, bis er bei Grayson und Sophie angekommen ist und klopft ihm auf die Schulter.

„Ich würde gerne mal wieder mit meiner Frau tanzen, wenn du gestattest. Aber dort drüben steht irgend so ein hohles Blondchen, der glaube ich das Gehirn in die Titten gerutscht ist. Die ist bestimmt dankbar für deine Aufmerksamkeit und genau deine Kragenweite!“

Ohne dessen Antwort abzuwarten, schiebt er Grayson beiseite und zieht seine Frau in die Arme.

„Hallo Mrs. Johnson!“, murmelt er zärtlich in ihr Ohr und drückt sie noch ein bisschen enger an sich.

„Hallo liebster Ehemann!“, erwidert Sophie lächelnd.

„Habe ich dir schon gesagt, wie wunderschön du bist?“ Seine Lippen berühren ihre mit einem sanften Kuss.

„Bestimmt schon hundertmal heute, ich höre es trotzdem immer wieder gern!“ Sie drückt sich so eng an ihn, dass er jetzt ihren Herzschlag an seiner Brust fühlen kann.

„Du bist wunderschön, mein Mädchen! Und ich kann diese Feier nicht leiden." Mit einer Drehung weicht er einem entgegenkommenden Tanzpaar aus. „Hätte ich vorher geahnt, dass ich meine Frau hier keine fünf Minuten für mich haben kann, hätte ich mir das anders überlegt. Wir hätten irgendwo ganz alleine feiern sollen. Ein weißer Bikini und ein Schleier, ein einsamer Strand, nur wir und irgendwer, der eine rechtsgültige Ehe schließen kann."

Sophie lächelt strahlend und Matts Herz schlägt gleich ein bisschen schneller. Dann beugt sie sich zu ihm vor, und ihre Lippen kitzeln sanft sein Ohr, als sie flüstert: „Aber dann hättest du nie die heiße Wäsche zu Gesicht bekommen, die ich unter diesem Kleid trage!" Grinsend befeuchtet sie ihre Lippen mit der Zunge und Matt wird heiß. Ohne ein weiteres Wort zieht er sie von der Tanzfläche weg und in Richtung Ausgang. So schnell, dass Sophie hinter ihm herstolpert.

„Was hast du vor, Matt?" Er liebt dieses ungläubige Lachen, das sie dabei von sich gibt.

In einer unauffälligen Ecke bleibt er stehen und zieht sie zu einem verlangenden Kuss an sich.

„Wir gehen jetzt. Es gibt genug Essen und genug Alkohol – die Gäste können sich auch ohne uns amüsieren! Und du bist meine Frau, du musst dich dringend um etwas kümmern."

„Um was denn?", fragt Sophie und schaut ihn mit großen Augen an.

„Um das hier!", knurrt er und zieht ihre Hand in seinen Schritt, damit sie seine Erektion fühlen kann.

„Oh!“ Sophies Augen werden noch ein bisschen größer. „Das ist wirklich wichtiger als die Gäste.“

Kichernd wie zwei verliebte Teenager stehlen sich die beiden heimlich davon.

Weitere Romane von Hannah Kaiser:

Die Verführung des Mondes

Eigentlich will sich Luna nur einen ruhigen, kinderlosen Abend zu Hause machen, als sie überraschend in das Leben des ebenso reichen wie attraktiven Anwalts Phillip Dawn stolpert.

Zwischen den beiden knistert es gewaltig, aber Luna ist sich nicht sicher, ob es zwischen ihnen tatsächlich eine Zukunft geben wird.

Und während sie sich noch Gedanken über die Zukunft macht, wird sie von ihrer Vergangenheit eingeholt.

Textbeispiel:

Ich rühre Zucker in meinen Kaffee, erleichtert, eine Beschäftigung zu haben, die dafür sorgt, dass ich mir keine Gedanken mehr darüber machen muss, wo ich meine Hände lassen soll.

Zwischendrin schaue ich kurz auf, um festzustellen, dass er mich immer noch mustert.

Ich tue so, als würde das Zuckereinrühren meine ganze Aufmerksamkeit beanspruchen. Kurz bevor ich eine gesättigte Lösung aus Kaffee und Zucker hergestellt habe, höre ich auf. Ich nippe am Kaffee und verziehe sofort angewidert das Gesicht.

Er grinst. „Zu viel Zucker?“, fragt er mich. Ich werde rot und nicke.

„Soll ich Ihnen einen neuen bestellen?“, fragt er aufmerksam. Ich schüttele den Kopf, mehr als verlegen. Es scheint heute nicht mein Tag zu sein. Und dieser umwerfende Typ sitzt da und lehnt sich zurück mit einem zufriedenen Lächeln, als könnte er meine Unsicherheit förmlich riechen.

Danksagung

Mein erster Dank gilt all denjenigen, die lesen, was ich schreibe.

Herzlichen Dank für die vielen tollen Mails, Kommentare und Rezensionen. Über jede einzelne davon habe ich mich wahnsinnig gefreut.

Ich bedanke mich bei Astrid, Bea D., Bea R., Catharina, Melanie, Nadine, Nicole, Sandra, Susanne und Sybille, die in den höchst zweifelhaften Genuss gekommen sind, das Manuskript schon vor dem Lektorat zu lesen. Mädels, ihr seid einfach super! Eure Anmerkungen, Korrekturen und Kommentare haben mir wahnsinnig geholfen und mich so manches Mal zum Lachen gebracht!

Ich bedanke mich bei Sabine, die eine Mischung aus Lektorin und Brieffreundin für mich ist. Danke für deine Hilfe, dein offenes Ohr und deine vielen Ratschläge!

Herzlichen Dank an mein Katharinchen, die mich immer berät.

Und – wie immer – an meine Familie. Ihr seid einfach wundervoll. <3

Impressum

Herausgegeben durch:

J. Heberlein

Libanonstraße 85

70186 Stuttgart

E-Mail: hannah.kaiser79@gmx.de

Telefon: 015251766609

2591347R00144

Printed in Germany
by Amazon Distribution
GmbH, Leipzig